YOUTH

Paolo Sorrentino

LA GIOVINEZZA
by Paolo Sorrentino

© 2015 RCS Libri S.p.A., Milano
Korean language edition ©2016 Buonbooks
Korean translation rights arranged with RCS Libri S.p.A, Milan, Italy through EntersKorea Co., Ltd., Seoul, Korea

이 책의 한국어판 저작권은 (주)엔터스코리아를 통한 저작권사와의 독점 계약으로 본북스가 소유합니다. 저작권법에 의하여 한국 내에서 보호를 받는 저작물이므로 무단전제와 무단복제를 금합니다.

YOUTH

Paolo Sorrentino

유스

파올로 소렌티노

BUONbooks

1

 청명한 봄날, 영국인 특유의 스타일을 한 남자의 얼굴이 보인다. 쉰 살은 된 듯한, 넥타이를 맨 정장 차림의 이 남자는 짧은 금발에 홍조가 감도는 창백한 얼굴이다. 꽤 지적이며 설득력도 있어 보이는 얼굴이다. 그는 호텔의 아름다운 정원에 있는 테이블 의자에 다리를 꼬고 앉아 있다. 그 뒤에는 젊은 비서 둘이 약간 떨어진 거리에 서 있다.
 그들 뒤로 보이는 최고급 수영장에는 이른 아침인데도 몇몇 사람이 나른한 휴가 분위기 속에서 수영을 즐기고 있다. 이들 모두 하나같이 흰 가운을 걸쳤다.
 여러 개의 수중 마사지 욕조가 깔끔하게 정돈된 정원 위는 마치 얼룩을 찍어놓은 것 같다.
 그 아래로 멋진 알프스 호텔이 보인다. 아늑함과 엄숙함, 고급스러움이 동시에 느껴지는 호텔이다. 그리고 알프스 산맥이 호텔을 지배하듯 주변을 둘러싸고 있다.
 50대 남자가 담배를 꺼내 불을 붙이려 하자 차분한 목소리가 경고한다. 그러나 질책의 의도는 없다.
"이곳은 금연입니다."
"야외에서도 안 되나요?"
"실내에서도 안 되죠."
이 목소리의 주인은 여든 살가량의 영국 남자 프레드 밸린저다. 프레드는 가벼운 베이지색 재킷에 눈에 띄는 굵고 검은 테 안경을 쓰고 있다. 안경 너머로 보이는 프레드의 눈은 우수에 젖어 있으면서도 통찰력이 느껴진다.
두 사람은 탁자 하나를 사이에 두고 앉아 있다. 프레드는 신문을 펼쳐 들었다. 그리고 알 수 없는 슬픈 눈빛으로, 이미 버릇이 된 듯한 습관적인 손동작으로, 차분하고 침착하게 사탕 껍질을 벗겨 입에 넣는다.
"밸린저 씨, '마에스트로'라고 불러도 될까요?"
프레드는 어깨를 으쓱해 보인다. 그에게는 그리 중요하지 않았다.
"휴가는 어떠신가요?"
"아주 좋습니다."
"이곳으로 휴가 온 지 오래되셨나요?"
"20년이 넘었죠. 아내와 함께 왔지만, 지금은 혼자 옵니다. 그러나 이곳에 친구들이 많죠."
"왜 하필 스위스인가요?"
"이탈리아에서 가까우니까요. 런던과 뉴욕에 이어 24년 동안 베니스 오케스트라를 지휘했습니다."

"아, 그렇죠. 제가 멍청했군요. 이곳은 아주 편안한 곳 같습니다."

"편안하기만 한 곳이죠."

프레드는 웃지 않지만, 영국인은 미소 짓는다.

"마에스트로, 요즘에도 작곡이나 지휘를 하시나요?"

"아뇨, 은퇴했습니다."

"굳이 말씀드릴 필요는 없지만, 다른 분들처럼 저도 열성 팬입니다."

"고맙습니다."

50대 영국인은 다시 미소를 짓는다.

"마에스트로, 전에도 잠깐 말씀드렸지만 저는 버킹엄궁의 특사로 있습니다."

프레드가 살짝 관심을 보인다.

"여왕을 위해 일한다는 건가요?"

"그렇다고 할 수 있습니다."

"그렇군요. 왕실은 늘 연민을 자아내죠."

특사는 놀라서 묻는다.

"왜 그런 생각을 하시는지 여쭈어도 될까요?"

"무방비 상태로 연약하니까요. 단 한 사람만 없어져도 세상이 갑자기 바뀌죠. 혼인 관계처럼요."

"여왕께서 6월에 마에스트로에게 기사 작위를 하사하고자 하시는데, 수락하신다면 영광으로 생각하실 겁니다."

프레드의 입술 사이로 미소가 비친다.

"에릭 사티가 레종 도뇌르 수여를 제안받았을 때, 그가 뭐라고 한 줄 아십니까? '그것을 거절하는 것만으로는 충분하지 않다. 스스로 그 자격을 박탈까지 해야 한다'라고 했습니다. 물론 내가 에릭 사티는 아니죠. 아, 미안합니다. 내가 다른 사람의 말을 인용하는 버릇이 있어서요."

"마에스트로가 수락한 걸 여왕께서 아신다면 행복해하실 겁니다."

"여왕은 단 한 번도 행복한 적이 없습니다."

당황한 특사는 마치 프레드의 말을 못 들은 것처럼 계속 용건을 전한다.

"게다가 작위 수여식이 필립공 생신 날로 정해질 겁니다. 그래서 여왕님은, 무슨 이유인지는 잘 모르겠지만, 필립공이 애착을 갖고 있는 윔블던 극장에서 런던 필하모닉 음악회를 열고자 하십니다. 작곡한 작품들 중 선정해서 오케스트라를 직접 지휘해주신다면 여왕 폐하께서 매우 행복하실, 아니 영광으로 생각하실 겁니다."

"지휘를 그만둔 지 오래됐습니다."

특사는 미소 짓는다.

"방법을 잊으신 건 아니죠."

프레드는 골똘히 생각한다.

"네, 잊지는 않았죠."

특사가 다시 밝게 웃는다.

"여왕님과 필립공이 그 유명한 〈심플송〉을 들으면 좋아하실 겁니다."

프레드는 마음을 가다듬고 체념한 듯 말한다.

"〈심플송〉은 연주하지 않을 겁니다."

"왜죠?"

"개인적인 이유입니다."

"유명한 소프라노 조수미 씨를 초대할 수 있습니다."

"조수미는 적절한 사람이 아니에요."

"그럼, 〈심플송〉을 잘 부를 수 있는 분을 알려주시면 모셔 오겠습니다."

"어느 누구도 없어요."

프레드의 결심은 바뀌지 않을 분위기다. 그는 다시 신문을 집어 든다. 조금 전의 모든 칭찬은 그에게는 이미 과거다. 특사는 낙담한 얼굴로 고개를 숙인다.

침묵 속에서 아주 작은 소리만이 들린다. 프레드가 사탕 껍질을 일정한 간격으로 비비고 있다. 이 짧고 반복된 음은 어떤 분명한 리듬을 만들고 있다. 특사는 담배를 물고 라이터를 갖다 대지만 이내 담배를 피울 수 없다는 것을 기억해낸다.

"마에스트로, 거절에 익숙하지 않은 여왕님은 언짢아하실 겁니다."

특사는 더듬거리며 마지막 설득을 시도한다. 신문을 읽던 프레드가 갑자기 사탕 껍질 비비는 것을 멈춘다.

"받아들이실 겁니다. 내 〈심플송〉보다 더 중요한 일이 많을 테니까요."

특사는 실의에 빠져 자리에서 일어난다.

"그렇다면, 그대로 전하겠습니다. 안녕히 계십시오, 마에스트로."

특사가 자리를 뜨자 두 명의 비서도 뒤따른다. 그가 일어난 자리 뒤 다른 테이블에는 한 남자가 앉아 있다. 모든 대화를 엿들은 눈치다.

캘리포니아 출신으로 서른넷인 이 남자는 불량한 매력을 지닌 지미 트리라는 할리우드 배우다. 그는 이른 아침부터 감자튀김을 곁들인 스테이크를 먹고 있다. 며칠 동안 깎지 않은 수염에 선글라스를 끼고, 잔뜩 구겨진 평상복 차림과 어울리지 않는 캡 모자로 지친 안색을 감추고 있다.

세 명의 영국인은 출구를 찾기 위해 수영장 주위를 돌았고, 그때 누군가가 특사의 관심을 끈다. 어떤 남자가 얼굴만 물 밖으로 내놓은 채 수영장에 둥둥 떠 있는데, 남미 특유의 퉁퉁한 얼굴에 괴이한 노란 톤으로 염색한 머리와 두툼한 입술을 갖고 있다. 쉰 살 정도 되어 보이는 얼굴에는 애환이 서려 있지만 검고 총명한 눈을 가졌고, 깊게 파인 주름 때문에 훨씬 더 나이가 들어 보인다. 그는 물에 뜬 채로 허공을 바라보고 있다.

특사는 그를 계속 주시하며 비서 한 명에게 낮은 목소리로 묻는다.

"저 남자 봤어? 그 사람 맞나?"

비서들이 수영장 쪽으로 시선을 돌리더니 그 남자를 알아보고 흥분한다.

"분명히 그 사람 맞아요."

"세상에, 진짜 그 사람이네요."

그들은 걸어가면서도 수영장에 있는 그 남미인에게서 눈을 떼지 못한다. 그는 죽은 사람처럼 축 늘어진 몸을 세 명의 구조대원에게 기대고, 마흔 살 정도 되어 보이는 여자의 부축을 받으며 낮은 계단을 통해 수영장 밖으로 나오고 있다. 그에게는 마치 넘을 수 없는 산처럼 힘겨워 보인다.

수영장에서 천천히 나오고 있는 그를 보니 그가 고도비만으로 걷는 게 어렵다는 것을 알 수 있다. 육중한 몸에 카리스마가 엿보이는 그는 가쁜 숨을 몰아쉬며 수영장 가장자리에 앉는다. 그의 양쪽 팔에는 유명한 혁명가들의 얼굴이 잔뜩 문신되어 있다.

구조원들이 떠났다. 친절하고 인내심이 많아 보이는 여자는 아내인 듯하다. 여자는 그의 곁에 앉아 수건으로 그의 머리칼을 말려준다. 그녀는 거대한 고래 같은 그를 애정 어린 손길로 어루만지고 있다.

2

베니스의 밤.

심오한 해저나 의식의 밑바닥에서 들리듯 아득하고 희미한 기타 선율이 간간이 흘러나온다. 지금 보이는 것은 하나의 꿈만 같다. 꿈속의 너무나 아름다운 텅 빈 산마르코 광장에는 물이 차올라 있다. 웅장한 궁전들과 포르티코로 둘러싸인 이 드넓은 광장은 하나의 사각 호수가 되어 주위의 모든 기둥을 적시고 있다. 물 위에는 광장을 가로지르는 길고 좁은 다리가 있다. 그러나 지금은 아무도 없다.

한밤중 이 신비로운 광장의 다리 끝에서 프레드가 나타난다. 노인들이 그러하듯 그는 힘겹고 짧은 발걸음이다. 고개를 든 프레드는 반대편에서 자신을 향해 걸어오는 조각상 같은 여자를 발견한다. 물에 잠긴 이 꿈같은 베니스에서 유일하게 이 두 사람만이 서로를 향해 걷고 있다. 서로 마주칠 정도로 가까워지자 프레드는 놀라움을 감추지 못하고 그녀를 응시한다. 185센티미터 키에 흑발과 초록색 눈동자를 가진 그녀는 믿을 수 없이 아름다워 인조인간에 가깝다. 그녀가 입은 원피스 수영복에는 '미스 유니버스'라고 쓴 어깨띠가 둘러져 있다.

그녀는 큰 패션쇼의 톱 모델처럼 작위적인 걸음으로 긴 다리를 걷는다. 이제 두 사람은 서로를 스칠 정도로 가깝다. 그러나 다리는 1미터가 안 될 정도로 폭이 좁다. 결국 그들은 물에 빠지지 않기 위해 각각 양쪽으로 비켜선다. 그러던 와중 서로를 스친다. 그녀의 깊게 파인 풍만한 가슴과 프레드의 마른 가슴이 살짝 닿는다. 그는 불가피한 재난 속 경이로운 광경이 눈앞에 펼쳐진 것처럼 그녀를 아래서부터 유심히 바라본다.

도도한 태도의 그녀는 여느 미인 대회 수상자들처럼 초점 없는 시선으로 허공을 바라보며, 자신의 완벽한 몸과 프레드의 몸이 스치는 묘한 분위기에도 아랑곳 않는다. 아슬아슬한 상황에서 벗어난 그들은 계속해서 각자 가던 길을 걸어간다. 마치 돌체앤가바나의 어느 광고 속 모호한 꿈처럼, 물에 휩싸인 채 보름달의 달빛 아래서 엉덩이를 흔들며 걸어가는 그녀의 뒷모습이 점점 멀어진다.

계속 다리를 걷던 프레드는 불현듯 두려워진다. 갑자기 수위가 높아졌기 때문이다. 다리가 곧 물에 잠기더니 물살이 그의 발을 휘감았고, 곧이어 발목을 거쳐 무릎까지 물이 차올랐다.

프레드는 더 빨리 나아가려고 시도하지만, 노인인 그는 물살에 떠밀려 앞으로 걸어 나가기가 힘들다. 그는 미스 유니버스에게 구원을 요청하려는 듯 돌아보며 숨 막힌 목소리로 누군가의 이름을 외친다.

"멜라니, 멜라니!"

그러나 그녀는 수증기처럼 날아간 듯 그곳에 없었다. 프레드는 앞으로 조금 더 나아갔지만 물은 그의 가슴팍까지 차올랐다. 그리고 이제 목을 거쳐 턱까지 물이 차오르자, 그는 공황에 빠져 목메인 신음 소리를 낸다.

3

 바로 그 순간, 다행히도 프레드는 잠에서 깬다. 그리고 몸을 추스르고 힘겹게 안락의자에서 일어난다. 깊은 밤이라 주위에 아무도 없다. 좀 더 떨어진 곳에는 잠을 잊은 작은 무리의 호텔 손님뿐이다.

 꿈에서 들었던 아득하고도 희미한 기타 선율은 이제 현실이 되어 선명하게 이어져 들린다. 짧은 걸음을 내딛는 프레드에게 수영장의 수중 라이트가 희미한 빛을 비춘다.

 프레드는 아무도 없는 초원을 따라 걷는다. 노래 소리가 기타 선율을 타고 들려온다. 노래 제목은 〈온워드〉, 아름답고 절제된 곡이다. 프레드는 본능적으로 음악이 들리는 방향으로 향한다. 그러고 나서 마크 코즐렉이 기타 연주를 하는 작은 무리 곁에 선다.

 세 여자와 스무 살 정도 되어 보이는 한 청년, 그리고 지미 트리가 있다. 모두 편한 자세로 느긋하게 미국 가수의 발라드를 즐긴다.

프레드는 그들과 약간 떨어진 곳에서 그 아름다운 노래를 듣는다. 프레드를 알아본 코즐렉은 유명인이 자신의 관중이라는 사실에 감동을 감추지 못한다. 그는 약간 머리를 숙여 경의를 표한 후, 연주 막간에 프레드에게 인사를 한다.

"마에스트로."

프레드는 엷은 미소를 짓는다.

눈을 감은 채 잔디밭에 누워 있던 지미도 프레드를 알아본다. 서로 짧은 인사를 한 뒤, 지미는 프레드에게 가까이 오라고 친근한 손짓을 한다.

지미는 프레드가 자신의 옆에 놓여 있는 간이침대 가장자리에 앉자 찻잔을 건넨다.

"허브 차에 몰래 진 토닉을 탔어요. 괜찮을까요, 밸린저 선생님?"

"고맙지만 사양하겠습니다. 진 토닉에 허브 차를 조금 탔으면 더 좋았을 텐데요."

그들은 웃는다.

프레드는 손수건을 꺼내 가볍게 코를 풀고 익숙한 손동작으로 손수건을 접는다. 그리고 접은 손수건으로 코를 네 번 문지르고 재킷 주머니에 넣는다. 지미는 프레드에게 일부러 웃음을 보이며 그가 손수건으로 했던 행동을 몰래 관찰한다.

"저는 오늘, 선생님이 저와 같은 문제를 갖고 있다는 것을 깨달았습니다."

"어디 들어봅시다."

"우리는 딱 한 번 우리 자신에게 경솔했다는 이유로 평생 신비로워졌죠."

"그럴 수 있죠. 경솔함은 뿌리칠 수 없는 유혹이니까."

"저는 미국과 유럽의 여러 훌륭한 감독과 작품을 했지만, 관객들은 저를 〈미스터 큐〉 속 멍청한 로봇으로만 영원히 기억할 겁니다. 심지어 90킬로그램이나 되는 갑옷을 입고 연기해서 얼굴이 보이지도 않았죠. 그런데도 30분마다 누군가가 찾아와 제가 로봇이었음을 상기시켜주는 것처럼 선생님도 〈심플송〉의 작곡자로만 기억하죠. 사람들은 선생님의 〈검정 각기둥〉이나 〈아드리아노의 삶〉 같은 많은 작품을 작곡했다는 것을 잊고 있어요."

프레드는 미소를 짓고, 지미도 역시 미소를 보인다. 두 사람은 서로에게 동질감을 느낀다.

"동시에 경솔함은 하나의 변질된 집착이기도 하죠."

프레드가 단언한다. 그리고 지미에게 묻는다.

"유럽에는 무슨 일로 왔나요?"

"한 달 후에 독일에서 영화 촬영을 할 거예요. 배역을 구상 중입니다."

"가벼운 역할인가요?"

"보기 나름이겠죠."

"잘돼가고 있나요?"

"해봐야죠."

코즐렉이 〈온워드〉의 마지막 소절을 끝내자 관중은 가볍게 박수를 보낸다. 프레드는 그들처럼 손뼉을 치지 않는다. 그리고 힘겹게 일어나 호텔로 들어가려 한다.
"제겐 늦은 시간이니 이만 들어갑니다."
"제겐 늦은 시간이 아니네요."
프레드가 미소를 짓는다. 지미는 손을 관자놀이에 대며 장난기 가득한 거수경례로 인사를 한다. 프레드는 노인 특유의 불안정한 걸음으로 멀어져가고, 지미는 차를 마시며 그의 걸음을 유심히 지켜본다.

4

 프레드는 호텔 로비 프런트 앞에서 가만히 엘리베이터를 기다린다. 호텔의 젊은 직원은 소리를 죽인 작은 텔레비전을 멍하니 보고 있다.
 가녀린 체구에 우아해 보이는 나이 든 여자가 호텔 정문 벨을 누른다. 직원은 텔레비전에서 눈을 떼지 않은 채 능숙하게 버튼을 누르고 문을 열어준다. 호텔에 들어온 그녀는 의자에 앉는다. 그녀는 맥 빠진 침울한 얼굴로 허공을 응시한다.
 프레드는 그 광경을 무표정한 얼굴로 지켜본다. 마침내 엘리베이터가 도착한다. 엘리베이터는 오래된 철망으로 되어 있다. 프레드가 타자마자 엘리베이터는 올라간다.

 엘리베이터는 곧 어느 층에 도착한다. 그리고 내려가는 엘리베이터를 기다리던 그다지 예쁘지 않고 통통한 스무 살 정도의 여자와 마주친다. 과감하게 노출한 옷차림과 어울리지 않게 여자의 얼굴 곳곳에 여드름이 나 있다. 여자가 에스코트걸임을 한눈에 알 수 있었다. 하지만 뭔가 특이한 에스코트걸이었다. 프레드는 애써 여자를 쳐다보지 않고, 여자도 그를 신경 쓰지 않는다.

프레드는 짧고 느린 걸음으로 외로이 복도를 걷는다. 투숙객들이 바람을 쏘이려고 내다 놓은 등산화들이 가지런히 각 방문 옆에 놓여 있었다. 전동 휠체어를 탄 한 노인이 적막한 밤을 뚫고 프레드를 지나쳐 복도 끝 모퉁이로 사라진다.

프레드는 문득 어딘가에서 흘러나오는 소리에 멈춰 선다. 누군가 바이올린을 켜고 있다. 그는 그쪽으로 발길을 돌린다. 연주가 첫 마디부터 다시 들리고, 그중 단 두 마디가 서툴다. 그렇다. 이 곡은 지겹도록 수없이 반복했던 연주였다. 프레드는 소리가 나는 쪽으로 걸어가지만 더 이상 들리지 않는다.

다시 걸음을 재촉하려던 순간, 프레드는 우연히 거울에 비친 자신의 모습을 보게 된다. 그는 관자놀이에 새로 생긴 검버섯 하나를 마치 지우려는 듯 손가락으로 문지른다.

5

 바이올린 연주가 멀리서 희미하게 우울한 음악 소리로 들려온다. 어지럽게 흐트러져 있는 메모와 종이들, 꺼져 있는 노트북들로 가득 찬 스위트룸이다.
 서른 살이 안 된 남자 네 명과 여자 한 명이 침대와 안락의자 여기저기에 웅크린 채 곤히 자고 있다.
 방 안에는 프레드와 한 노인이 서 있다. 이 노인도 여든 살 정도로 정정한 모습이다. 약간 긴 머리칼에 파랗고 빛나는 눈동자를 가진 그는 정력적이며 활기가 넘쳐 보인다. 그의 이름은 믹 보일이다.
 두 노인은 잠들어 있는 젊은이들을 조용히 바라본다. 잠시 후 바이올린 소리가 멈춘다.
 "오늘도 소변을 봤나?"
 프레드가 묻는다.
 "두 번. 네 방울. 자네는?"
 "비슷해. 그 정도."

"더 많이? 아님 더 적게?"

"더 적게."

"쟤네들 참 예쁘지 않은가?"

믹이 말한다.

"그래, 예쁘네."

"대본을 쓸 때 얼마나 몰입하는지 몰라. 다들 정말 열정적이지."

"왜, 자네는 더 이상 열정적이지 않아?"

프레드는 어깨를 으쓱해 보인다. 믹은 습관적으로 앞머리를 손바닥으로 가다듬고 말을 돌린다.

"저 두 사람 보이지?"

믹은 방의 한쪽에서 자고 있는 여자와 그 반대편에서 사내 무리와 함께 섞여 자고 있는 한 남자를 각각 가리킨다.

"그래, 보여."

"서로 사랑에 빠지고 있는데 아직 모른다네."

여자는 눈을 감은 채 살짝 미소를 짓는다. 그녀는 잠들지 않았다.

"자네가 그걸 어찌 아나?"

믹이 대답한다.

"난 알지. 왜냐, 난 사랑에 대해 모든 걸 알고 있기 때문이지."

"그렇다면 자네가 내게 강의를 한 번 해줘야겠군."

"자네는 이미 늦었네. 그나저나 소식 들었나? 미스 유니버스 조이스 오웬스가 여기 머물 거라는데. 수상한 여러 상 중 하나가 포상으로 이 호텔에서 일주일 동안 투숙할 수 있게 해줬다더군."

"응, 들었어. 상이라기보다는 벌 같군."

"그래, 너무 예쁜 애들은 벌을 좀 받아야 해. 그래야 우리 같은 사람들이 견디지."

"시나리오는 잘되어가나?"

"걸작이 될 거야. 내 유언장이기도 하고. 그리고 브렌다는 영원히 잊히지 않을 주인공이 될 거야. 오늘 제목을 정했어. 〈생의 마지막 날〉. 어떤가?"

"멋지군. 난 자러 가네."

프레드가 나가는 사이, 믹이 방 끝에서 젊은이들 중 한 명을 흔들어 깨운다.

"정신들 차리게. 이제 자네들 숙소로 돌아가야지."

6.

 프레드의 침대에는 마흔 살의 아름다운 여성이 아이처럼 곤히 자고 있다. 그녀는 레나이다.
 침대 옆 협탁 위에 놓인 액자가 보이고, 액자 속 사진에는 10년 전의 프레드가 동갑으로 보이는 여자와 껴안고 있다. 그들은 행복하게 웃고 있다. 사진 속 그녀가 프레드의 아내임을 알 수 있다.
 프레드는 안락의자에 앉는다. 잠든 레나를 바라보자 눈물이 고인다. 레나가 깨 그를 본다. 그리고 놀라서 묻는다.
 "아빠, 안 주무세요?"
 프레드는 눈물을 감추려고 애쓰며 살며시 슬픈 미소를 짓는다.
 "널 보고 있었다."
 레나는 프레드의 눈물을 알아챈다.
 "왜……."
 그가 앞서 말한다.

"걱정 마. 노인은 항상 울지. 아무 이유 없이."

 이른 새벽, 서리가 내린 호텔 정원이 보인다. 넓은 정원 곳곳에 멋진 고목이 있다. 프런트에서 만난 예순 살로 보이는 가녀린 여성과 통통한 에스코트걸이 보인다. 모녀 같다. 그들은 손을 잡고 마치 세상에서 버려진 것처럼 슬픈 모습으로 걷는다.
 에스코트걸은 짧은 반바지가 자꾸만 엉덩이 사이에 끼자 촌스럽고 품위 없이 고쳐 입는다. 믹은 벤치에 앉아 영화에 관련한 메모를 확인한다. 그는 두 여자가 있다는 것을 알아채고 고개를 든다. 손을 잡고 걸어가는 그들을 보자 그의 두 눈이 슬픔에 어린다.
 멋드러진 초목 잎사귀들의 서리가 녹는 사이, 높은 알프스 산 너머로 동이 튼다.

7

 가녀린 몸에 부드러운 얼굴 윤곽, 열여덟 살 정도 된 얌전한 소녀가 마사지 침대에 배를 대고 누워 있는 프레드를 마사지하고 있다.
 레나는 그들이 묵고 있는 스위트룸 창가에 서서 호텔 잔디밭 끝에 앉아 있는 동양인 남자를 바라본다.
 "저 아래 공중부양 하는 남자가 있어요."
 "몇 년 째 여기 오지만, 한 번도 공중부양 한 적은 없다. 그건 그렇고, 결국 어디로 가는 거니?"
 프레드가 묻는다.
 "줄리안은 늘 그렇듯이 도를 넘으니까요. 2주 동안 폴리네시아에 가요."
 "그렇구나."
 "이제 혼자 방을 쓰니 좋으시죠? 그동안 제가 방해만 됐을 텐데."
 레나가 웃으며 말한다.

"무슨 소리. 그동안 네가 말동무해줬잖니. 믹은 일만 해서 지루했거든."

"지루하지 않으실 거예요. 풀코스로 스파 모두 예약해뒀어요. 종일 마사지, 사우나, 검진, 진찰까지 받을 거예요. 그래야 기력을 회복하죠."

"이 나이에 건강관리는 시간 낭비야. 그런 거는 지금보다 훨씬 지루할 테니까."

"아빠! 너무 무기력해지신 것 같아요. 베니스에는 왜 안 가세요? 하루 정도, 엄마에게 꽃이라도 가져다 줄 수 있잖아요."

프레드는 대답하지 않는다. 마사지를 해주는 소녀는 아무 말도 들리지 않는 것처럼 모른 척 일에 열중이다. 레나가 말을 잇는다.

"그건 그렇고, 그 프랑스 사람들에게서 매일 메일이 와요. 회고록을 자꾸 내자는데, 어떻게 할까요?"

"뭐라 하든 냅둬라."

레나는 마사지를 받고 있는 프레드의 몸을 바라본다. 세월이 엿보이는 몸이다. 그녀의 얼굴에 물밀 듯 애틋함이 밀려온다.

"잘 계세요, 아빠. 도착하면 연락할게요."

"재밌게 잘 지내렴."

레나는 여행 가방을 들고 방을 나간다.

"앞으로 돌아누우시겠어요?"

마사지사가 말한다. 그녀의 어린 소녀 같은 목소리가 더욱 부드럽고 친절하게 느껴진다. 프레드는 힘겹게 몸을 뒤집는다. 그녀가 팔을 마사지한다.

프레드는 눈을 감았지만, 순간 한쪽 눈만 실눈을 뜨고 소녀의 얼굴을 슬쩍 훔쳐본다.

이 거대한 곳에서의 일상이 시작된다. 이곳은 호텔인 동시에 고급 스파, 의료센터, 체육관, 재활치료소 같은 여러 시설이 있어 각자 미리 정해진 시간표에 맞춰 움직인다.

각 층 복도마다 달려 있는 오래된 종은 일정에 맞춰 딸랑딸랑 소리를 낸다.

간호사와 마사지사 들은 각각에 걸맞은 유니폼을 입고 무균 탈의실에서 나와 흩어진다. 의사들은 의사 가운을 입는다.

대부분은 노인으로 호텔에서 제공하는 가운을 입고 나란히 줄을 서 검진센터, 수영장, 사우나, 마사지실 등으로 이동한다.

그렇게 이곳저곳 오고가는 조용하고 침착한 군상들의 행렬로 하루가 시작된다.

아침 햇살이 내리쬐는 호텔 레스토랑에는 웨이터들이 테이블을 정리한다. 말라비틀어진 요리사가 주방 밖으로 나간다. 그리고 산맥 뒤로 보이는 청명한 하늘을 바라보며 하루의 첫 담배를 즐긴다.

8

 마사지실에 뉴에이지 음악이 잔잔하게 퍼진다. 방 전체를 감돌던 희미한 빛은 방 곳곳에 밝힌 양초로 인해 끊어진다. 프레드는 짚으로 만들어진 큰 요람에 여든 먹은 아기 예수처럼 누워 있다.
 쉰 살쯤 된 작은 태국인 남자가 프레드의 몸 위에 불타고 있는 검정 돌멩이들을 올려놓는다. 돌을 올릴 때마다 프레드는 가벼운 신음 소리를 낸다.
 남자는 미소를 지으며 서투른 영어로 말한다.
 "고통 후에 쾌감이 온다."
 "그리고 다시 고통이 온다."
 프레드가 문장을 마무리한다.

9

 마시지를 끝낸 얼마 후, 간호사가 프레드의 피를 뽑는다.
 예순 정도 되어 보이는 의사가 방에 들어온다. 선한 인상으로 호감형이다.
 "밸린저 씨, 잘 지내고 계신가요?"
 "잘 있습니다. 어디에 있는지 모르겠지만, 잘 있죠."
 의사가 미소를 보이며 프레드의 얼굴을 살핀다. 그런 후 안경을 쓰고 주의 깊게 그를 관찰한다.
 "딸이 그러는데, 내가 무기력하답니다. 그래 보이나요?"
 의사가 웃는다.
 "레이저로 이 검버섯들을 없애드릴까요?"
 "아뇨, 왜죠?"
 "미관상 좋지 않아서죠."
 "이 검버섯들은 제게 중요한 것을 상기시켜줍니다."
 "뭔데요?"
 "내 삶이 얼룩으로 가득하다는 거죠."

의사가 미소를 보이자 프레드도 웃는다. 간호사가 채혈을 마친다.

프레드는 새파란 하늘과 맞닿은, 한 점 얼룩 없이 하얀 눈으로 덮인 알프스 정상을 창문 너머로 바라본다. 지금 그의 얼굴은 진지하다.

10

 젊은 시나리오 작가들이 말싸움 중이다. 자신의 스위트룸 여기저기 널브러진 종이에 파묻힌 믹은 그들의 말을 조용히 듣고 있다. 프레드가 들어왔지만 그들은 신경 쓰지 않는다. 모두 흥분이 고조되어 논쟁에 집중하고 있다. 프레드도 가만히 그들의 이야기를 듣는다.
 여러 말이 오가는 중 유독 두 명이 소리를 지르며 격렬하게 서로를 공격한다. 믹이 서로 사랑에 빠지고 있다고 한 두 사람이다.
 "넌 영화를 너무 많이 봤어, 멍청아! 그래서 진짜 삶이 뭔지 잊었다고."
 남자가 말한다. 그러자 여자가 대꾸한다.
 "영화는 삶이야! 넌 비판밖에 모르지. 한 번이라도 영감이란 걸 받아보고 하는 소리인지, 나 참."
 남자가 웃더니 빈정거리듯 손뼉을 친다. 믹 옆에 앉은 수줍음이 많은 작가가 낮은 목소리로 한마디 보탠다.

"동감."

"영감? 그런 건 존재하지 않는다고 학교에서 가르쳐주지 않았나? 다 거짓말이야. 영감은 존재하지 않아. 열정이 존재할 뿐이지."

"동감."

믹 옆의 작가가 이번에는 남자의 말에 맞장구를 친다.

"존재해. 네가 재능이 없어서 그걸 모르는 거지."

여자가 말한다.

"동감."

이번에도 그 작가가 말한다. 믹이 옆에서 일관성 없이 편드는 그에게 엄한 목소리로 묻는다.

"넌 뭐야, 다 맞는 말이라는 거야?"

"그럼요! 제가 자신감이 없고 두려움이 많아서 그래요. 우리 부모님은 저를 단 한 번도 격려해준 적이 없죠. 형이 가장 좋아하는 취미는 절 때리는 거였고, 누나는 저를 '패배자'라고 불렀죠. 저는 한 번도 여자를 사귄 적도 없고, 제 성 정체성도 의심스럽죠."

믹은 웃음이 나오려 한다.

"그만해! 아무리 그래도 날 감동시킬 순 없을 테니."

"이모는 소아마비 장애인이죠."

결국 믹이 웃음을 터뜨린다.

"다시는 나에게 재능이 없다는 둥 그런 말 하지 마, 바보야."

여자와 싸우던 남자가 잔뜩 화나서 대답한다.
"지금 이렇게 열정적으로 이런 이야기나 할 때가 아닌 것 같은데? 이 재능 없는 기생충 같은 놈이!"
"그만해! 너희 정말 짜증 나게 하는구나."
믹이 논쟁을 막는다.
"영화의 결말을 먼저 해결해야지. 추상적인 관념을 말하느라 시간만 낭비하고 있다고."
"근데 저들 말도 맞아. 구체적인 이야기는 결국 추상적 사고에서 비롯되니까."
프레드가 의견을 말한다. 그제야 다들 프레드의 존재를 알아차린다.
"아, 자네 여기 있었어? 그런데 나는 아직 두 시간 정도 더 있어야 해. 그런 후에 의사에게 들렀다가 자네에게 갈게."
"알았어."
자신이 내비친 말에 아무 반응을 얻지 못해 실망한 프레드는 우울한 표정으로 방을 나간다. 그사이 믹은 작가들을 재촉한다.
"그래서? 결론에 대한 의견은?"
지금까지 한 번도 말싸움에 끼지 않았던 작가가 말한다. 긴 수염에 흐트러진 머리를 하고 있는 그는 전형적으로 교양 있고 냉소적인 스타일이다. 그는 마치 꿈속을 헤매듯 자기감정에 빠져 말한다.

"죽음을 앞둔 그가 낮은 목소리로 아내에게 말한다. '울지 마, 여보! 내가 우는 여자들을 늘 경박하고 역겹게 생각했잖아'라고."

싸웠던 두 사람은 친근하게 서로를 바라보며 웃는다. 자신감 없고 두려움이 많다던 작가는 골똘히 생각하더니 자신에 차 말한다.

"좋다!"

그런 그에게 믹이 짜증 난다는 표정을 보이고 모두에게 묻는다.

"무슨 개뼈다귀 같은 소리야! 다른 아이디어 없어?"

11

 호텔 안의 사람들은 마쳐라도 된 것처럼 움직임이 없다. 고요함 속에서 몇몇 러시아 갑부가 천천히 걸어간다. 그들은 이른 아침부터 간이침대에서 선탠을 하거나, 미국계 흑인 가족이 물놀이를 하고 있는 수영장에 가만히 몸을 담그고 있다.

 지붕 한쪽 그늘 밑 모퉁이에서는 야외 마사지를 받을 수 있다. 그곳에는 사춘기에 접어들어 한껏 달아오른 두 소년이 축 늘어져 마사지를 받고 있는 미모의 여성 주변을 얼쩡거리며 훔쳐본다.

 투숙객은 많지 않지만 모두 부유하다.

 선명하게 보이는 장엄한 알프스 산 위로 스카이다이버 몇몇이 보인다.

 두 노인이 전동 휠체어에서 잠들어 있다. 그들을 돌보는 동양인인 두 할머니 요양사는 마치 생쥐처럼 다른 사람들 눈에 띄지 않게 신중하게 행동한다.

쉰 살 먹은 아들은 나이 든 아버지와 함께 운동한다.

정원 끝에 있는 울타리에서 뚱뚱한 남미 남자는 지팡이에 의지한 채 남녀노소 뒤섞인 한 무리에게 사인을 하고 있다. 사람들은 눈앞에 나타난 이 영웅이 믿기지 않는 듯 흥분해 있다. 그 옆에는 늘 남편을 걱정하는 부인이 사인하는 시간마저 조정 중이다. 누군가 휴대전화로 그의 사진을 찍자 부인은 몹시 화를 내며 그 사람에게 단호히 경고한다.

흰 가운을 입은 프레드는 간이침대에 누운 채 사탕을 빨며 그가 사인하는 모습을 태연하게 바라본다. 그리고 침대 밖으로 내놓은 손으로 사탕 껍질을 문지르며 완결된 리듬을 만들어내고 있다.

옆 침대에 누워 있는 지미도 그 남자를 지켜보지만, 그의 관심사는 남자가 갖고 있는 특별 제작된 나무뿌리 지팡이다. 오래된 것처럼 보이기 위한 인위적인 나이테가 돋보이는 구부러진 지팡이다.

잠시 후 또 다른 무언가가 주위를 둘러보던 지미의 주의를 끈다. 한 엄마가 열세 살 딸에게 선탠 오일을 발라주고 있다.

투명할 정도로 창백한 얼굴을 한 소녀는 병적인 수줍음으로 넋을 잃고 바닥만 응시하고 있다. 그러다가 문득 짜증이 났는지 손톱을 격렬하게 물어뜯는다. 소녀의 엄마가 그만하라고 했는지 소녀는 화를 내며 자리를 박차고 일어나 서둘러 가버린다.

　지미는 꺼진 담배를 입에 물고 마치 곤충 학자처럼 이 광경을 지켜본다.

　남자는 지팡이와 아내에게 의지하여 정원을 뒤로하고 걷고 있다. 아무도 없는 테니스장을 따라 걷던 남자는 작은 무언가에 시선이 사로잡힌다. 코트 한가운데 버려진 테니스공이다.

　프레드와 믹은 약국 판매대 앞에 나란히 서 있다. 프레드가 무심히 기다리는 사이, 코끝에 돋보기 안경을 걸친 믹은 약사가 잘하고 있는지 유심히 살핀다.

　가운을 입은 약사는 다양한 종류의 약 상자를 믹의 눈앞에 가져다 놓는다.

"여기 있습니다."

"네."

　믹은 프레드가 아무것도 사지 않는 것을 그제야 깨닫고 의아해한다.

"자네는 아무것도 필요 없나?"

　프레드는 주위를 둘러보며 무언가 찾는 척을 하고는 가장 가까이 있는 선반을 바라본다. 다양한 종류의 반창고가 진열되어 있다. 프레드는 제일 먼저 눈에 띄는 반창고 한 갑을 약사 앞에 내놓는다.

　믹이 프레드의 이런 행동을 계속 지켜본다.

"반창고가 왜 필요하지?"
"아무 데도 필요 없어. 자네가 사니까 나도 사는 거지."
믹은 자신의 수많은 약 상자를 내려다본다. 그리고 다문 입술로 농담과 진담이 섞인 혼잣말을 프레드에게 던진다.
"꺼져."
프레드의 얼굴에 냉소 섞인 미소가 퍼진다.

12

 프레드와 믹은 아름다운 계곡의 초원을 따라 산책한다. 그들 오른쪽에는 나무들이 빽빽하게 있고, 왼쪽으로는 알토아디제(이탈리아 북부 지방으로 오스트리아와 스위스까지 맞닿은 산이 많은 곳_역주) 지방이 자리 잡고 있다.
 그들이 담소를 나눈다.
 "우리가 왜 몇 년 째 여기로 휴가를 온다고 생각하나?"
 프레드가 묻는다.
 "늘 행복했던 곳으로 돌아가고 싶기 때문이겠지."
 프레드는 미소 짓는다.
 "그건 시나리오 작가나 하는 말이고."
 "그럼 좋게? 존 치버가 한 말이네."
 "자네, 질다 기억하나?"
 "영화 〈질다〉?"
 "아니, 질다 블랙. 우리가 좋아했던 여자 말일세."
 "질다 블랙?"

"질다 블랙."

믹이 웃는다.

"뭐 그런 걸 다 기억하나! 한 백 년은 지난 얘기네."

"내게는 어제 일 같아. 그 여자랑 잘 수만 있다면, 내 인생 20년 정도는 거뜬히 내줄 수도 있었다고."

"멍청한 짓을 할 뻔했군. 질다 블랙은 그럴 가치가 없는 여자야. 하루도 아깝다고."

프레드는 갑자기 무척 실망한 듯하면서도 불안해 보인다.

"자네가 어떻게 알아? 그 여자랑 잤나?"

믹은 자신이 실수했음을 알고 말을 더듬는다.

"뭐? 무슨 말이야?"

"무슨 말인지 알아들었잖아. 그 여자를 향한 나의 사랑을 존중해서 그녀와 자지 않겠다고 60년 전에 맹세했는데, 지금 말하는 건 다르잖아."

"가만 있어 봐. 고백 하나 하겠어."

"그럼 그렇지. 어디 해보게."

"믿어주게. 너무 비극이야. 정말 비극인 게, 내가 그녀와 잤는지 안 잤는지 기억이 안 나네."

"정말인가?"

"안타깝게도 정말이야. 맹세하네."

"음, 그렇다면 상황이 좀 달라지지."

"어떻게?"

"자네가 잔 기억이 확실했다면 우리 우정도 여기서 끝

났을 거네. 그런데 이렇게 되면…… 의심만 품고 사는 거지."

"어쨌든 내가 그 여자랑 잤어도 기억을 못 한다는 건, 그녀가 20년이라는 삶의 가치가 없다는 뜻이기도 하지. 안 그런가?"

"그래, 자네 말이 맞아. 질다 블랙은 우리 사이에서 다 끝난 얘기지."

"그래, 그나저나 애들은 떠났어?"

"자네 아들이 큰일을 벌이고 싶나 보더군. 폴리네시아로 갔어."

"알아, 그놈이 낭비가 심하지. 도대체 누구를 닮은 걸까."

"자네는 아닌 게 분명해."

믹이 웃는다. 침묵이 흐른다. 프레드가 갑자기 불안해하며 한숨을 내쉰다. 이상하게 여긴 믹이 묻는다.

"뭐야, 아직도 질다 블랙을 생각하나?"

"아니, 시간이 지나면 더 이상 기억할 수 없는 것에 대해 생각했네. 난 부모님이 기억 안 나. 어떻게 생겼는지, 어떻게 말을 했는지. 어젯밤에 자고 있는 레나를 보면서 내가 아버지로서 해준 수많은 사소한 것을 다시 생각해봤지. 그 애가 커서도 기억할 수 있게 모두 뚜렷한 의도를 뒀지만, 점점 시간이 흐르면서 하나도 기억을 하지 못하겠지."

믹은 프레드에게 뭐라 말해야 할지 망설인다. 프레드는

믹을 바라보며, 그로서는 흔치 않은 활기를 띤 채, 믹의 팔을 잡고 목소리를 변조해 속삭인다.

"엄청난 노력, 믹. 사소한 결과를 위한 엄청난 노력. 늘 그렇듯이."

놀란 믹은 멍해 있다.

"점점 이야기가 재밌어지네! 담배 한 대 피우고 싶은데 호텔에 두고 왔어. 여기서 좀 기다려. 사러 갔다 오지."

프레드는 우울하게 고개를 끄덕인다. 믹이 마을 쪽으로 멀어져간다. 적막 속에서 한 마리의 매미 소리가 강렬하게 들려온다. 프레드는 매미 소리가 들리는 방향으로 고개를 돌리고 최면에 걸린 듯 다가간다.

그는 숲 한가운데 있다. 그곳에는 한 마리가 아닌 수백 마리의 매미가 울고 있다. 잠시 후 새 한 마리가 매미 소리를 뚫고 낯선 구슬픈 울음소리로 지저귄다. 그는 더 이상 매미를 신경 쓰지 않고 처음 듣는 새 울음소리에 이끌려 그쪽으로 걸어간다. 보이지 않는 새를 찾기 위해 나무들을 올려다본다. 앞으로 계속 나아가다 이내 숲 끝에 다다른다. 그러자 또 다른 새로운 소리가 더해진다. 이 소리는 암소 목에 달린 방울 소리다.

숲에서 나온 프레드의 눈앞에 능선으로 끝없이 이어진 양지바른 언덕이 펼쳐진다. 초원에는 쉰 마리 정도의 암소가 곳곳에 흩어져 풀을 뜯고, 그들 목에 달린 방울들은 여기저기에서 울린다. 이 광경에 그의 눈이 반짝인다. 그는 암소들을 바라보며 바위에 걸터앉는다. 그리고 암소와 매미 들, 새의 울음이 뒤섞인 소리를 듣는다.

프레드는 정신을 집중하고 눈을 감는다. 그리고 오케스트라 지휘자처럼 부드럽게 한 손을 움직이자 마치 마법이라도 부린 듯 몇몇 암소의 방울 소리가 들리지 않는다. 나머지 방울들도 더 이상 제멋대로 울리지 않고 멜로디에 맞춰 울리기 시작한다. 그는 다른 손으로 박자에 맞춰 다른 방울 소리를 멈추게 하고, 남은 두 방울을 교대로 울려 음을 만들어낸다.

그리고 넓은 팔 동작으로 뒤쪽을 향해 지휘하자 숲에서부터 새소리가 흘러나와 방울 소리와 함께 어우러진다. 잠시 후 프레드는 양팔로 합장 지휘를 하고, 수백 마리의 매미가 새의 솔로 음과 암소의 방울 소리에 대위 선율로 함께한다. 가히 자연의 교향곡이라 할 수 있다.

프레드는 눈을 감고 혼자만의 미소를 짓는다. 처음으로 행복해 보인다. 그는 머릿속에서 이 소리들을 배합해 놀라운 무언가를 만들고 있다. 바로 작곡을 하는 것이다.

초원으로 돌아온 믹이 주위를 둘러보지만 프레드는 어디에도 보이지 않는다. 그는 담배에 불을 붙인다. 불을 붙이는 동안, 멀리 있는 울타리 안에서 움직이는 무언가에 그의 시선이 고정된다. 백마다. 이때 믹은 자신만이 할 수 있는 행동을 한다. 마치 영화의 한 장면을 프레임에 담듯이 양쪽 두 손가락을 위아래로 배치한다. 그러고는 한쪽 눈은 감은 채로 다른 쪽 눈으로 달리고 있는 멋진 백마의 전경을 좇는다.

13

 호텔 뒤쪽에는 산과 연결된 육교가 있다. 쉬는 시간이면 열 명 남짓한 웨이터와 요리사, 간호사 들이 모두 담배를 피우며 잡담과 농담으로 휴식을 즐긴다.
 그런데 한 여자가 외따로 떨어져 홀로 담배를 피운다. 그녀는 왠지 모르게 우울해 보인다. 다리 난간에 기대어 무심히 아래를 응시하고 있는 여자는 프레드의 방에 있던 그 마사지사다.
 프레드는 창문 저편, 호텔 복도에 있다. 아래를 내려다보며 홀로 담배를 피우는 여자를 바라보는 그의 얼굴에도 우울이 가득하다.
 늘 같은 마디를 연습하는 바이올린 소리가 그의 관심을 끈다. 그는 소리가 들리는 곳으로 찾아 멀어진다.

14

 프레드는 귀를 기울이며 텅 빈 복도를 따라 조심스레 움직인다. 바이올린 소리가 점점 선명해진다. 간호사 두 명과 동행한 인상 좋은 60대 의사와 마주치고는 서로 가벼운 인사를 나눈다.
 잠시 후 방문이 열린 어떤 방에 도착한다. 룸메이드가 방 정리를 끝내고 있는 방 끝 거울 옆에는 열두 살 된 아이가 악보를 앞에 두고 그 두 마디만을 반복하며 연습한다.

 방 청소를 하던 룸메이드가 청소 카트를 밀고 방에서 나간다.
 프레드는 자기도 모르게 문턱에 가까이 다가간다. 그리고 연주하는 아이를 지켜본다. 그러자 인기척을 느낀 아이가 고개를 돌린다.
 프레드가 아이에게 미소를 보이자 아이도 미소로 답한다.

"연습하고 있는 곡, 누가 만들었는지 아니?"
약간 흥분한 프레드가 묻는다.
"아니요, 누가 만든 건데요?"
"내가."
"믿을 수 없어요. 그럼 이 곡 제목이 뭔데요?"
"〈심플송 3번〉."
아이가 악보를 확인한다.
"맞아요. 그럼 작곡가는 누군데요?"
"프레드 밸린저."
"할아버지 이름은요?"
"프레드 밸린저. 프런트에서 확인해보렴. 나도 이 호텔에 묵고 있으니까."
이제야 아이가 놀라서 말한다.
"그럴 리가 없어요."
"그래, 믿기지 않겠지."
"선생님이 바이올린을 시작하기에 딱 좋은 곡이라고 하셨어요."
"그래, 선생님 말이 맞다. 단순한 곡이지."
"근데 그렇게 단순하지만은 않아요."
"그래?"
"정말 아름다운 곡이기도 하죠."
그러자 따뜻한 무언가가 충동적으로 솟구쳐 차갑고 무뚝뚝한 프레드의 마음이 녹아내린다.

"그래, 아주 아름답지. 내가 사랑하고 있을 때 작곡했기 때문이란다."

아이는 그의 마지막 말을 잘 이해하지 못한 듯했지만, 아무 일도 없다는 듯 다시 연습을 시작한다. 프레드는 잠시 연주를 듣고 있다가 아이를 멈추게 한다.

"네 연주에 잠시 내가 끼어들어도 되겠니?"

아이는 의심스러운 눈초리를 보이며 고개를 끄덕인다.

"네."

아이가 다시 연주를 시작한다. 프레드는 조심스럽게 방 안으로 들어가 아이에게 다가간다. 아이는 연주를 계속한다. 그는 한쪽 손으로 아이의 팔꿈치를 3센티미터 올린다. 그러고 나서 활의 위치를 교정한다.

그는 안심하고 방에서 나와 문을 닫는다.

"이제 됐다."

15.

 레스토랑을 감도는 음울한 침묵 속에 포크와 나이프 부딪치는 소리만이 들린다.
 호텔 저녁 식사 자리에는 러시아인과 흑인, 몇몇 무리의 노인이 있다. 레스토랑에 자리한 많은 사람의 시선은 부인과 조용히 식사를 하고 있는 유명인이자 비만인인 남미인에게 쏠려 있다.
 다른 테이블의 스무 살 청년이 사진을 찍고 싶은 유혹을 견디지 못하고 몰래 휴대전화로 그를 찍으려 한다. 남자는 이를 알아채고 부인에게 피곤하다는 신호를 보낸다. 부인은 알았다는 듯 자리에서 곧바로 일어나 기둥 옆에 있는 가림막을 가져온다. 그러고는 남편과 홀 사이를 가리고 사라진다.
 홀로 식사를 하던 지미는 상황을 유심히 지켜보고 있다. 그 광경을 지켜보는 사람들 중에는 쉰 살 정도로 덩치가 크고, 풍성한 턱수염과 흐트러진 머리를 한 등산복 차림인 남자도 있다. 마치 옛 시절 히피 같다. 남자는 셔츠 안에 냅킨을 넣고 수프를 먹고 있다.

식사를 끝낸 남미인이 지팡이를 짚은 채 아내의 부축을 받으며 힘겨운 모습으로 식당을 가로지른다. 또다시 레스토랑 안의 사람들 모두가 그를 조용히 쳐다본다. 그러나 지미는 여전히 남자의 지팡이에만 관심이 있다.

또 다른 테이블에는 프레드와 믹이 앉아 있다. 그들은 예순 살 정도의 세련된 부부에게서 집요하리만치 눈을 떼지 않는다. 부부의 모습만으로도 독일인임을 짐작한다. 부부는 옷을 갈색과 베이지색으로 맞춰 입었는데, 아무렇게나 손에 잡히는 대로 입은 것 같지는 않다. 그 둘은 서로 아무 대화도 없이 지루한 듯, 멍하니 허공만 바라보고 있다. 프레드와 믹은 침묵하고 있는 부부에게서 눈을 떼지 않은 채 이야기를 나눈다.

"도대체 어디로 사라졌던 거야?"

믹이 묻는다.

"마을 쪽에서 들리는 소리를 따라가다 길을 잃었어."

"음악 소리에 정신을 잃은 건 아니고?"

"'들리는 모든 소리가 음악이다', 슈토크하우젠. 자네는 뭐 했나?"

"네가 없어서 의사 친구랑 수다나 떨었지. 봐, 오늘 저녁에는 저 부부 말을 할 거야."

그 순간에도 부부는 여전히 말이 없다.

"저 사람들 저녁 내내 한마디도 안 한다에 30프랑 걸지."

프레드가 말한다.

"그럼 나는 말한다에 50프랑 걸겠네."

"좋았어!"

부부가 일어나려 한다. 남자는 친절하게 부인의 의자를 빼준다. 그리고 그녀는 그의 팔짱을 끼고 밖으로 나간다. 프레드와 믹은 눈으로 그들을 문까지 좇는다. 그때까지 그들은 한마디도 하지 않는다.

"며칠 전 돈까지 합하면 250프랑이네."

프레드는 손수건으로 코를 풀더니 코를 네 번 문지르고는 접어 다시 주머니에 넣는다. 믹은 손바닥으로 머리를 매만진다. 지미는 그들의 일거수일투족을 유심히 관찰한다.

16.

 정원의 작은 무대에서 스윙 연주 악단이 공연을 한다. 그들은 나름 경쾌한 곡으로 저녁 분위기를 돋우려 하지만 그저 애처롭기만 하다.
 한 테이블에는 똑같이 전동 휠체어에 앉아 있는 네 명의 노인이 카드 게임에 열중하고 있다.
 몇 안 되는 사람만이 어정쩡한 몸짓으로 음악에 맞춰 춤을 춘다. 한 러시아 남자와 그의 아내가 마치 댄스경연대회에 나온 것처럼 땀까지 흘리며 빙글빙글 돈다. 남자가 여자의 허리를 받치고 뒤로 젖히는 동작을 한다. 여자가 웃는다.
 지미는 마치 못 올 곳에 온 사람처럼 선글라스를 끼고 구석 한쪽에서 친구들과 수다를 떨고 있다. 그 자리에는 마크 코즐렉도 있다.
 "저녁 먹으러 언제 내려왔어?"
 코즐렉이 묻는다.

"아주 일찍."

지미가 대답한다.

"불렀으면 같이 내려왔을 텐데."

"그게 더 나았어. 저녁만 먹은 게 아니거든."

"뭐 했는데?"

"작업."

믹과 프레드는 다른 테이블에서 이 침울한 저녁 분위기를 별 관심 없이 둘러본다. 곡이 끝나자 악단은 곧바로 느린 곡을 다시 연주한다. 음악에 맞춰 몇몇 남녀가 짝을 이룬다. 늘 침묵하는 부부도 무도장에 나온다. 분명 그들은 의식하며 춤을 추지만 서로 말을 하거나 시선을 주고받지도 않는다. 여자는 공허한 시선으로 지미를 쳐다본다. 지미도 이를 알아채고 선글라스를 내려 그녀에게 친절한 미소를 보인다. 그러나 그녀는 이 인사에 아무런 답도, 아무것도 하지 않는다. 그녀의 남편은 이 상황을 지켜보더니 심각하면서도 의심스러운 얼굴을 한다.

슬픈 얼굴로 홀로 앉아 스윙 악단을 바라보던 알프스 등산가는 뜨거운 허브 차를 홀짝거리다가 입술을 데어 짧고 강하지만 아무도 모를 외마디 신음 소리를 내지른다. 믹과 프레드는 지나가듯 우울한 대화를 나눈다.

"오늘은?"

"오늘은 전혀. 자네는?"

"전혀."

"내일은 꼭 오줌이 나오길 바라지."

남미인이 엄청난 노력으로 지팡이를 짚고 무도장 한가운데로 나간다. 그는 미소를 지으며 손을 내민다. 파트너에게 춤을 청하고 있다. 여자는 얼굴이 환해져 그에게 달려 나간다. 그는 10초 동안 몸무게 때문에 망가진 다리로 분투한다. 잠시 후 그는 힘이 벅찬지 멈춰 선다. 파트너는 걱정스러운 얼굴로 신호를 보내고, 두 명의 종업원이 무도장으로 의자 하나를 서둘러 가져온다. 남자는 쓰러지듯 의자에 주저앉더니 멈췄던 숨을 쉬듯 몰아쉰다. 모든 사람이 진지하게 그 모습을 지켜본다.

프레드와 믹도 그 광경을 지켜본다. 프레드는 습관대로 코를 푼다. 믹이 남미인을 암시하며 말한다.

"저 남자는 진정한 지상 최후의 신화지. 고대 그리스처럼 말이야. 다른 사람 같았으면, 분명 이 상황을 웃게 만들었을 거야. 그런데 저 사람은 아니야. 아무도 안 웃었어. 왠지 알아?"

"몰라, 이유가 뭔데?"

"신화는 우스꽝스러움을 조망하지 않기 때문이지."

17

　프레드가 호텔의 긴 복도를 걷는다. 방으로 돌아가고 있는 중이다. 전동 휠체어를 탄 나이 많은 남자가 그를 지나친다. 남자는 복도 모퉁이에서 갑자기 튀어나온 다른 전동 휠체어와 부딪힌다. 이 사고로 통행 우선권과 부주의 운전 문제가 언급되며 말싸움이 일어난다.
　프레드는 열쇠 구멍에 열쇠를 넣으며 태연히 그 광경을 바라본다. 그리고 그의 방 안으로 들어가 사라진다.

18

 프레드가 방 안에 있다. 그는 옷을 벗고 있다. 셔츠를 벗는 사이, 그는 욕실에서 들려오는 누군가의 흐느끼는 소리에 주의를 기울인다. 욕실로 다가가 문을 열자 욕조 가장자리에 걸터앉아 처절하게 흐느끼고 있는 딸 레나를 발견한다. 아무 말 없던 바로 그 순간, 깜짝 놀란 기색이 그의 얼굴에 역력하다.
"여기서 뭐 하니?"
 그녀는 말없이 울기만 한다.
"지금 폴리네시아로 가는 비행기에 있어야 하는 거 아니야?"
 그녀는 점점 더 심하게 운다.
"줄리안은 어디 있어?"
 레나는 알 수 없는, 마치 짐승 울음 같은 소리로 한 단어를 떠듬거린다. 무슨 말을 하는지 알아들을 수가 없다. 그녀는 다시 울기만 한다.

"애야, 대답 좀 해볼래?"

하지만 그녀는 대답하지 않는다. 대답할 수가 없다. 울어야 하기 때문이다.

19

 믹은 널려 있는 종이와 컴퓨터 틈에서 옷을 입은 채로 침대에 누워 있다. 밤인데도 불구하고 활기찬 목소리로 전화를 한다. 방 주위에는 젊은 작가들이 결과를 알기 위해 긴장한 얼굴로 통화 내용에 집중한다.
 "아주 좋아, 닉. 두 번째 초고가 마음에 든다니 다행이군. …… 그래, 결말은 아직 작업을 더 해야 해. 우리도 완전히 만족스럽지 않아. 브랜다와 이야기했지. 다 좋아. …… 그래, 당연하지. 빨리 하고 싶어 해. 그 나이에 이런 배역을 언제 또 해보겠나. 그래, 알아. 변덕스럽긴 하지만, 나에게는 얌전하지. 내가 세상에서 여배우들과 제일 일을 잘한다고, 오직 나만이 자기를 어떻게 다룰지 안다고 늘 그러지. 자네만 좋다면, 다음 달에 현지 조사를 시작할까 하는데……. 좋아, 알았어! 잘 있게."
 결과에 만족한 작가들은 서로를 툭툭 치며 미소 짓는다.
 믹은 수화기를 내려놓고 시선을 앞쪽으로 올린다. 가만

히 안락의자에 앉아 있는 프레드를 이제야 발견한다.

"무슨 일이야? 초상난 얼굴이네."

믹이 묻는다.

"자네 아들이 내 딸을 버렸어."

"제기랄!"

한 작가가 내뱉는다.

"그게 무슨 말이야?"

"비행기 탑승 중이었는데, 탑승 터널에서 멈춰 서더니 다른 여자를 사랑하게 됐다고 그랬대."

"터널은 우리가 정말 터널 속에 있다는 걸 실감하게 하지."

"대단한 분석이군! 자네는 정말 은유의 마법사야."

프레드가 비꼬듯 대답한다. 작가들이 킥킥거린다.

"그래서 그 다른 여자랑 떠났대?"

"일말의 양심은 있는지 그러지는 않았나 봐. 적어도 오늘까지는."

"레나는?"

"내 방에 있어. 계속 울기만 해. 태어나서 그렇게 많이 우는 사람은 처음 봤네. 난 사람이 그렇게 많이 울 수 있는지 생각도 못 했어."

"언젠가 잡지에서 읽었는데, 눈물샘은 사흘 연속 쉬지 않고 눈물을 만들 수 있다고 하더라."

믹이 말한다.

"저도 그거 알아요. 그런데 전 BBC 다큐멘터리 방송에서 봤어요."

수줍음 많은 작가가 한마디 한다.

"그가 죽음을 목전에 두고 그녀에게 이렇게 말하는 거야. '여보, 마지막으로 BBC 다큐멘터리나 같이 봅시다'라고."

지적인 동료 작가가 끼어든다. 프레드는 신경질이 난다.

"그만들 하게."

"그런데 이 눈물샘 이야기가 진짜인지 모르겠어. 단지 몇 부 더 팔아먹으려고 부풀려 써대는 광고 잡지 중 하나였거든."

"이야기가 주제를 벗어나고 있는 것 같은데."

"자네 말이 맞아. 줄리안, 이 미친놈 같으니라고. 제 엄마랑 똑같아. 기억하나? 내가 그 여자만 바라보고 있을 때, 그 여자는 기술자와 전기기사에게 눈독을 들였던 거."

"모두에게 눈독을 들였지."

여사 작가가 웃는다.

"통합주의야말로 하나의 고귀한 이상이죠."

"뭐? 통합주의?"

믹은 화가 난 척한다.

"내 전처가 이 남자 저 남자랑 놀아난 사실을 제일 친한 친구가 몇 년 동안이나 감췄다는 걸 이제야 말하고 있는 중인데, 이게 얼마나 심각한지 아나?"

"자네가 내게 질다 블랙 이야기를 하지 않은 거랑 같지, 뭐."

"좋아, 알았어. 나에게 복수를 해야겠다 이거지. 그럼 이제 다 끝이지? 본론으로 돌아오자고. 이제 그 나쁜 줄리안 자식에게 한마디 해야겠다."

믹은 다시 전화기를 들고 번호를 누른다.

"뭐 하는 거야? 레나와 재결합이라도 시키겠다는 거야? 소용 없네."

"아니, 적어도 어떤 이유인지는 알아야지."

믹이 경직된 목소리로 말을 시작하는 걸 보니 줄리안이 저편에서 전화를 받은 듯하다.

"애비다. 그런데 이 시점에서 여러 단서를 근거로 할 때, 네가 내 아들인지도 그리 확실하지는 않다."

똑똑한 작가가 수줍음 많은 작가에게 받아쓰라는 신호를 보낸다.

"메모해. 지금 이거 영화에 넣자."

20

 아침 식사를 하기에는 늦은 시간이다. 몇몇 여종업원은 이미 점심 식사 테이블을 준비하고 있다. 레스토랑에는 늘 말 없는 부부와 프레드, 그리고 믹이 전부다. 부부는 식사를 마치고 평소처럼 한마디 말도 없이 레스토랑을 나가는 중이다.

 믹과 프레드는 부부를 따라 시선을 옮긴다. 그들이 말없이 밖으로 사라지자 풀이 죽은 믹이 50프랑을 꺼내 기계적으로 프레드에게 내민다.

 "저들이 한마디도 하지 않을 거라는 걸 어떻게 아는 거야?"

 "어느 종업원이 내게 비밀을 알려줬네."

 "뭔데?"

 "말할 수 없어. 그게 내기에서 이길 수 있는 비결이니까."

 "당장 말해. 어차피 내가 그 종업원을 매수하면 내게도 말할 테니까. 이 내기로 잃은 돈이 지금까지……."

"알았어, 말할게. 저 사람들 벙어리야."

믹은 약이 올라 온몸을 부들부들 떤다.

"나쁜 놈! 지금까지 가져간 돈 당장 내놔! 파렴치한 놈. 내기한 거 다 취소야."

"순진한 사람 같으니! 농담이야. 벙어리 아니야."

홀 끝에서 사람들이 조용히 나타나 그들의 대화는 중단된다. 어디 하나 손색없는 양복에 넥타이까지 한 40대 남자가 비서처럼 보이는 촌스럽고 평범한 여자와 함께 걸어온다. 나름 매만진 머리와 화장기 없이 조잡한 무늬의 싸구려 옷을 입은 여자는 갓 마흔이나 먹었을까 싶다.

자신들을 향해 걸어오는 그 남자를 믹과 프레드는 진지하게 지켜본다. 그가 걸어오면서 휴대전화를 비서에게 건네고, 그녀는 휴대전화를 받아 사무용 가죽 가방에 넣는다.

양복을 입은 그는 테이블 앞에 멈춰 선다. 여자는 몇 미터 떨어져서 휴대전화로 메일을 확인한다.

믹이 그를 올려다본다. 이제 그가 아들 줄리안임이 분명해진다. 누가 봐도 나무랄 데 없이 완벽한 외모의 소유자다. 그는 자신감과 확신에 찬 눈으로 아버지와 시선을 나눈다. 프레드는 그 둘을 번갈아 쳐다본다.

"이게 무슨 개 같은 소리야?"

믹이 묻는다.

"아주 평범한 일이에요, 아버지. 제가 다른 여자를 사랑하게 됐어요."

"열여덟 먹은 애겠지? 맞지?"

"열여덟 아니고 서른 살이에요. 적당한 나이죠."

"나이가 몇이든, 넌 멍청한 짓을 했어."

"그건 아버지 생각이죠."

"그래, 그게 내 생각이다. 레나는 아주 특별한 여자란 말이야. 물론, 이 시점에서 너 같은 놈 때문에 허송세월했다는 걸 알았지만. 너에게는 과분한 여자야."

"그럴 수도 있죠. 왜 저를 여기까지 부르셨어요? 절대 다시 돌아가지 않아요, 저."

"처음에는 다들 그러지. 그러고는 얼마 지나지 않아 다시 자기를 받아달라고 애원한다니까. 내가 얼마나 많이 봤는데……."

"어머니는 아버지를 버렸지만, 단 한 번도 그렇게 애원한 적 없어요."

믹이 프레드를 향해 말한다.

"내가 뭐랬어. 이 파렴치한이 누구를 닮았는지 알겠지!"

"내가 원한 건 아니지만, 그래도 아내와 헤어지지 않으려고 미친놈처럼 나름대로 혼자 싸워도 보고 꿈같은 휴가도 계획했지만, 어느 순간 더 이상 아무것도 할 수 없었어요. 이유는 간단해요. 다른 여자를 사랑하니까요. 그런 이유로 한 남자가 파렴치한 놈이 되는 건가요?"

"모전자전이다. 감상적이고 허풍 많고 멍청하지."
"고마워요, 아버지."
"그래서 네가 만난다는 그 창녀는 누구냐?"
믹은 분노가 폭발하여 소리친다.
"저예요."
프레드와 믹은 당황한다. 그들은 몸을 앞으로 내민다. 존재조차 잊고 있던 줄리안 뒤에 있던 그 평범한 비서다. 그녀는 성큼 한 발자국 다가가 당당하게 다시 말한다.
"제가 줄리안의 혼을 뺀 바로 그 여자죠. 이혼 수속이 끝나는 대로 바로 결혼할 거예요."
"맞아요."
줄리안이 말한다. 프레드와 믹은 황당함에 입을 벌린 채 그녀를 쳐다본다. 어떤 말을 해야 할지 모른다. 그녀가 줄리안 옆으로 오자 서로 어깨를 감싼다. 줄리안은 조지 클루니처럼 멋지고 잘생겼지만, 그녀는 정반대다.
"대체 넌 누구냐?"
"제 이름은 팔로마 페이스예요. 창녀가 아니라 가수죠."
"함께 일하고 있어요. 제가 이 사람 다음 음반을 제작하고 있죠."
줄리안이 자부심에 차 설명한다. 믹은 겨우 이성을 찾아 말한다.
"아가씨, 잠시 자리 좀 비켜주겠나? 나와 내 사돈이 아들에게 사적으로 할 이야기가 있거든."

"그러세요. 대신 짧게 끝내세요. 저희는 5분 이상 떨어져 있을 수 없어요."

"너무 친절하시네. 근데 아가씨, 걱정 마. 내 아들 심리 파악하는 데 1분이면 되니까."

그녀는 촌스럽고 경박한 걸음걸이로 멀어져간다. 프레드와 믹은 그녀를 눈으로 좇으며 홀에서 나가기를 기다린다. 그러고 나서 줄리안의 자신감 넘치고 태연한 얼굴로 다시 눈을 돌린다.

믹은 솔직해진다. 인류의 신비를 진심으로 탐색하고 싶어 한다.

"미안하다, 줄리안. 근데 정말 궁금하구나. 내가 평범하고 나이가 많아서, 그래서 이해를 못 할지도 모르겠지만, 내게는 꼭 설명해야 해. 레나는 정말 아름다운 여자지 않니. 근데 저기 저 여자는 지구상에서 제일 형편없다고. 도대체 저 여자의 뭐가 그렇게 좋은 거니?"

줄리안이 처음으로 당황한 기색이다. 그는 한숨을 한 번 내쉬고 옆을 본다.

"정말 알고 싶으세요?"

"그래, 정말 알고 싶다."

줄리안은 시간을 끈다. 그는 여자가 홀에 없음을 확인하고, 믹을 바라보며 단숨에 말한다.

"잠자리에서 잘해요."

믹과 프레드는 그저 할 말을 잃는다.

21

 프레드와 레나는 경치 좋은 계곡을 따라 산책한다. 그녀는 심각하고 성난 얼굴로 허공을 응시하고 있다. 그는 그녀에게 무슨 말을 할지 몰라 불편하다. 그러다 레나가 말을 걸기 전까지 지저귀는 새소리에 정신이 팔린다.
 "그 나쁜 년이 대체 누구인가요?"
 "팔로마 페이스라는 여자야."
 "뭐 하는 여자인데요?"
 "세상에서 제일 하찮은 일."
 "뭔데요? 창녀?"
 "더 하찮은 일. 팝스타."
 "줄리안이 뭐래요?"
 "벌써 다 얘기했잖니."
 "아빠, 저한테 아무 말도 안 해줬어요. 말도 안 되는 말만 더듬거리셨죠."
 "줄리안이 말을 더듬더라고. 제정신이 아니야."

"제 눈에는 완전히 제정신이던데요. 두 시간만에 스무 개의 결정을 내렸죠. 집 떠났죠, 월세 아파트 얻었죠, 변호사와 이혼 소송을 밟았죠. 전혀 혼란스러워하지 않았어요. 아빠는 그 여자가 못생기고 평범하다고 하지만, 줄리안은 그 여자에게서 대체, 나에게 없는 무엇을 봤다는 건가요?"

"내가 그걸 어떻게 아나?"

"믹이 줄리안에게 물어봤다고 했잖아요."

"내가?"

"네, 그랬어요. 그래서 줄리안이 뭐라고 했는데요?"

"기억이 안 나."

"아빠, 지금 절 화나게 하는 거 알아요? 다 기억하시잖아요. 그리고 아빠는 거짓말 못 하는 사람이죠. 말해주세요."

"진짜 기억 안 나. 멍청한 소리나 더듬거렸겠지."

"말 안 해주시면, 지금 소리 지를 거예요. 정말로. 뭐라고 했어요? 젠장, 내게는 없는데, 그 여자는 가진 게 뭐냐고요. 알고 싶어요. 줄리안이 뭐랬나요? 정말 알고 싶어요."

프레드가 걸음을 멈춘다. 더 이상 버틸 수 없다. 그는 한숨을 쉰다. 모든 것을 말해줄 결심을 한다.

"잠자리에서 잘한대."

레나는 굳어버린다. 얼굴이 사나워진다. 그리고 프레드에게 아주 냉담하게 말한다.

"그런 얘기는 끝까지 안 하셨어야죠."

그러고는 계곡 한복판에 프레드를 남겨둔 채 잰걸음으로 멀어진다. 그사이 프레드의 머릿속에는 소년이 연주하던 그 두 마디의 음이 들린다. 그러나 바이올린이 아닌 음울한 콘트라베이스 소리다.

터키탕과 사우나의 훈김과 역광에 반사된 다양한 나이대의 나체가 열기와 땀에 젖어 버려진 시체들처럼 보인다. 탄력 있고 윤기 나는 몸들과 통통하고 둥글둥글한 몸들, 그리고 늙어 축 처진 몸들이 있다. 심신이 윤택한 삶을 위한 수고는 이런 것이다. 이렇게, 어떤 이들은 미래를 이어가려 애쓰고, 또 어떤 이들은 휘청대며 과거의 청춘을 따라가려 한다.

몇 개의 목욕통 안에는 눈을 감은 채 허브 팩에 묻혀 있는 인간 형체가 보인다. 그들은 살아 있는 잔디밭 같다. 정물처럼 움직임도 없다. 그 사이 콘트라베이스의 단순하고 낮은 두 마디 연주가 반복해서 들린다.

22

　은은한 조명과 함께 양초들이 켜져 있고 향이 가득한 방 안이다. 프레드와 레나가 대리석 침대에 누워 있다. 그들은 나체로 천장을 보고 누워 있지만 온몸이 짙은 진흙 팩으로 뒤덮여 있다. 그들은 화산이 폭발하여 석화된 것처럼 보인다. 진흙에 덮이지 않은 두 눈만 생기 없이 천장을 바라보고 있다. 천장에는 최면을 걸듯 희미하고 부드러운 불빛이 깜빡인다.

　프레드가 다소 어색하게 아버지 노릇이란 걸 해본다.

　"네 마음 이해할 수 있어. 정말이야. 믿어줘."

　침묵이 흐른다. 레나는 대답이 없다. 그러나 곧 이성을 잃고 격분하여 매몰차게 대답한다.

　"저를 이해한다고요? 아빠가? 픽도 그러겠어요! 엄마라면 절 이해했을 거예요. 엄마는 아빠와 살면서 지금의 저와 같은 상황에 수십 번은 처해봤으니까요. 하지만 아무 일도 아닌 척했죠. 아빠가 수십 명의 여자와 놀아나는 동안에도 엄마는 그저 참고 살아야 했어요. 자식들을 위해서뿐만 아니라, 무엇보다 아빠를 위해서요. 엄마는 아빠를 사랑했고, 매번 아빠를 용서했죠. 무슨 일이 있어도 아빠와 함께 있고 싶어 했죠. 하지만 누구와 함께 있기 위해서인가요? 누구와? 이렇게 제가 엄마에게 물었죠. 아무것도 줘본 적이 없는 사람. 아빠는 아무것도 준 게 없어요. 엄마에게도, 제게도 아무것도요. 아빠는 음악에만 모든 걸 내줬죠. 그놈의 음악, 음악, 음악! 아빠 인생에서 다른 건 아무것도 없었죠. 그저 음악뿐이었어요. 감정도 메말랐죠. 한 번도 쓰다듬어주거나 안아주거나, 뽀뽀를 해준 적이 없어요. 자식들이 불행하든 행복하든 우리에 대해서 아무것도 몰랐죠, 아무것도. 모든 게 엄마의 몫이었죠. 아빠가 집에서 엄마에게 한 말이라곤 딱 세 마디였죠. '멜라니, 조용히 해.' 그러면 엄마는 우리에게 '조용히들 해라, 아빠 연주회 마치고 오셨으니 쉬셔야 해', '조용히들 해라, 아빠가 중요한 분이랑 통화 중이란다', '조용히들 해, 오늘 밤에는 스트라빈스키가 방문하신다.' 아빠는 자신이 스트라빈스키가 되길 원하셨지만, 아빠에게는 그의 천재성 천분의 일도 없었죠. '조용히 해, 멜라니!' 그 말밖에 할 줄 몰랐죠. 아빠는 우리 엄마에 대해 아는 게 하나도 없어요! 엄마가 얼마나 고통스러웠는지 조금도 신경 쓰지 않았죠. 그리고 지금도, 10년째 엄마에게 꽃 한 송이 가져다 주지 않잖아요. 그리고 그 편지! 엄마가 그걸 읽지 않았을 거라고 생각하세요? 아니, 그렇지 않아요. 엄마는 편지를 찾아서 읽었고, 저도 읽었죠. 아빠는 기억조차 못 하겠지만, 우리는 똑똑히 기억해요. 다른 남자에게 아빠의 사랑을 고백하던 그 편지. 엄마는 그런 굴욕도 견뎌야 했죠. '내게 필요한 성적 실험은……' 그렇게 쓰셨죠. 음악적 실험도 모자라서 성 정체성까지 실험했어야 했나요? 엄마의 고통은 묵사발처럼 짓밟아놓고. 그러니까 저를 이해한다는 말 따위는 하지 마세요. 절대 아무것도 이해하지 못할 테니까."

레나가 말을 끝냈다. 침묵이 흐른다. 프레드는 한마디도 하지 않는다. 그들은 그렇게 진흙에 묻힌 채 천장만 바라본다.

23

 호텔 체육관 큰 벽 한쪽에는 클라이밍을 위한 인공 암벽이 설치되어 있다. 히피 같은 알프스 등산가는 지상 8미터 암벽 꼭대기에 밧줄도 없이 감탄스러울 만큼 유연하게 한 손으로 매달려 있다. 그는 그대로 아래에 있는 그 창백한 열세 살 소녀를 내려다본다. 소녀는 1센티미터도 오르지 못했다. 남자는 자상한 목소리로 소녀를 내려다보며 말한다.
 "자, 프란체스카. 한번 해보렴."
 소녀는 아무 말도 하지 않고 그를 올려다보며 손톱만 물어뜯는다.
 "이 위에서 보는 세상이 궁금하지 않니?"
 소녀는 다시 그를 올려다보며 고개를 끄덕인다.
 "좋아, 그럼 한번 해보자."
 소녀는 고개를 가로젓는다.
 "알았어, 그럼 거기서 기다려."

등산가는 단지 세 번의 재빠른 동작만으로 바닥으로 내려왔다.

"내 등에 올라타."

소녀가 덩치 큰 남자의 등에 올라탄다. 그는 사람이 아니라 작은 배낭을 메고 있는 것처럼 전혀 힘들이지 않고 유연하게 벽을 타고 오르기 시작한다.

"자, 올라가는 동안 아래를 보렴. 그리고 위에서 보는 세상이 얼마나 아름다운지 봐."

남자의 어깨를 감싸고 있는 소녀가 고개를 돌려 아래를 내려다본다. 그리고 체육관 문 앞에서 자신들을 지켜보는 한 사람을 발견한다. 레나다.

소녀는 돌아보라는 신호로 그의 어깨를 톡톡 친다. 그가 아래를 내려다보지만 레나는 더 이상 그곳에 없다. 이미 가버렸다.

24

 호텔에서 더 멀고 외진 곳에 위치한 또 다른 정원은 직원들이 묵는 별채와 경계를 이룬다. 이 정원에는 아무도 오지 않는다. 여기에서는 호텔 본관이 멀리 떨어져 보인다. 이 정원 한가운데 장미꽃이 만발해 있고, 작은 분수 몇 개와 자그마한 인공 계곡이 있다. 이 모든 장식은 아름답고 서정적인 에덴동산을 어설프게 복제한 것만 같다.
 아무도 오지 않는 곳이라 했지만 한 사람이 와 있다. 프레드다. 그는 정원 한가운데 자리한 벤치에 앉아 사탕을 빨면서 인공 계곡을 바라본다. 그의 눈은 형언할 수 없을 슬픔으로 가득 차 보인다. 그러다 갑자기 손수건을 꺼내 코를 풀더니 재빨리 코를 네 번 닦은 후 접어서 호주머니에 넣는다.
 그러는 중에 직원 숙소 1층 창에 보이는 뭔가가 그의 시선을 사로잡는다. 그 형체가 가녀리고 수줍은 마사지사임을 알아본다. 티셔츠와 짧은 반바지 차림의 그녀는 역동적으로 춤을 추고 있다. 키넥트 게임으로 춤을 추는 중이다. 텔레비전 화면 속 여성의 형체가 따라 해야 할 동작을 보여주고 있다.

굳이 그럴 필요까지 없음에도 불구하고 열심히 가상 테니스를 치는 이 작은 소녀가 경이롭고 감동적이다. 땀으로 흠뻑 젖은 그녀의 머리칼이 이마와 양쪽 뺨에 붙어 있다.

그녀를 지켜보던 프레드는 사탕 껍질을 리듬에 맞춰 바스락바스락 문지른다. 그는 자신의 뒤에서 흰색 가운을 입은 한 남자가 소녀의 모습을 함께 보고 있다는 걸 알아채지 못한다. 그는 미국 배우 지미 트리다.

25

많은 사람이 저녁 식사를 하고 있다. 호텔 레스토랑에는 늘 그렇듯이 심연 같은 깊은 정적이 흐른다. 프레드와 믹은 오늘은 하늘색 톤으로 옷을 맞춰 입은 독일인 부부를 쳐다본다. 잠시 후 레나가 홀에 들어온다. 평소의 차분하고 수수한 옷차림이 아니라 새 헤어스타일에 걸맞은 도발적인 드레스를 입고 있다. 이를 본 믹이 향수에 빠진다.

"널 보니까 서른 살이었던 브렌다 모렐이 생각나는구나. 그때 나와 〈At Home with James〉를 찍었지. 매일 이렇게 입고 다니렴."

"오늘부터 그러려고요."

레나는 자신을 주시하는 프레드의 시선을 피하면서 옆에 앉는다. 다른 테이블에 앉아 있는 알프스 등산가는 레나의 아름다움에 사로잡힌다. 그의 눈은 빛나고 있지만, 시작도 전에 패배한 사람처럼 이내 주눅 들고 만다. 그는 의기소침해져 스푼을 접시 위에 놓고 더 이상 먹지 않는다.

지미는 마크 코즐렉을 비롯한 친구들과 함께 다른 테이블에 앉아 있다. 그들은 각자 짝을 이뤄 이야기를 하고 있지만, 유독 지미만이 등산가와 레나 사이에 오가는 사소한 것 하나까지 예의 주시한다.

적막 속에서 갑자기 믿을 수 없는 일이 벌어진다. 말이 없던 독일인 여자가 조용히 일어나서는 갑자기 남편의 뺨을 힘껏 후려친다. 그는 의자에서 떨어질 뻔한다. 모두 고개를 돌려 이 황당한 장면을 바라본다.

여자는 당당하게 홀 밖으로 나간다. 믹과 프레드, 레나는 꼼짝도 않고 입을 벌린 채 그 광경을 지켜본다. 지미가 앉은 테이블의 일행이 킬킬대기 시작하지만 지미는 웃지 않는다. 놀란 그 역시 이 상황을 지켜보고 있다.

뺨을 맞은 그는 다른 사람의 이목은 조금도 개의치 않고, 침착하게 버섯 수프를 다시 먹는다.

남미인이 아내의 부축으로 테이블에서 일어나 출구 쪽으로 힘겹게 홀을 가로지른다. 그리고 무슨 마음인지 뺨을 맞은 남자 옆에서 걸음을 멈춘다. 남자가 그를 올려다보자 남미인은 살짝 미소를 지으며 두툼한 손으로 남자의 뺨을 어루만진다. 남자는 감사하다는 표정을 보이며 미소로 답하려고 애쓴다.

그리고 남미인은 이 상황에서 비롯된 깊은 정적을 헤치고 점점 멀어져간다. 지미는 물론 이 모든 광경을 지켜보았고, 순간 감동에 젖기 시작한다.

26

 수영장 앞쪽 정원에는 작고 평범한 무대가 있다. 오늘 저녁에는 이곳의 우아한 50대 여가수가 세 명의 연주자로 구성된 그룹과 함께 공연하고 있다. 좌석 여기저기에 흩어진 사람들이 이 멋진 공연을 흥미롭게 지켜보고 있다.
 프레드와 믹, 레나는 작은 테이블에 앉아 여가수가 부르는 〈릴리 마를렌〉을 듣고 있다. 지미는 서 있는 채로 노래에 완전히 심취했다. 정신을 온통 집중하여 독일어로 된 노랫말을 읊조린다. 그는 가사를 다 외웠다.
 문득 그는 왼편에 인기척을 느끼고 몸을 돌린다. 그 독일 여자가 그에게 춤을 청하듯 한 손을 내민 채 그를 바라보고 있다. 그는 미소를 지으며 다가간다. 그리고 그들은 천천히 춤을 춘다.
 다른 작은 테이블에 앉아 있는 그녀의 남편은 분노와 질투가 들끓는다. 이 상황에 호기심을 느낀 프레드와 믹은 춤을 추는 지미와 여자를 지켜본다. 지미는 유혹이 아닌 확인할 요량으로 여자의 귀에 속삭인다.

"당신 향이 좋네요."

믹과 프레드는 그 여자가 어떤 말을 하기를 기다리고 있다.

그녀는 당황했는지 말없이 그의 팔을 더 꽉 붙잡는다. 지미도 그녀를 더욱 꽉 껴안고 춤을 추며 눈을 감고 음악에 몸을 맡긴다. 마크 코즐렉과 친구들이 테이블에서 진지하게 이들을 구경하고 있다.

히피 등산가는 어색하게 프레드와 믹 곁을 지나친다. 누가 봐도 레나를 보기 위해 복잡하게 우회하고 있음을 알 수 있다. 레나는 그를 알아보지 못한다. 그는 떨리는 마음에 전문 등산가임에도 테이블 다리에 발이 걸려 넘어질 뻔한다.

〈릴리 마를렌〉이 끝난다. 여자는 지미에게 미소를 보이고, 그도 미소로 답한다. 그들은 춤을 마무리한다. 그녀는 남편에게 돌아간다. 남편이 그녀를 노려본다. 그녀는 그의 시선을 피한다.

지미는 찻잔을 들고 프레드 옆에 앉는다. 그리고 서로에게 호감 어린 미소를 보인다.

"그냥 허브 차인가요, 아니면 진 토닉을 섞은 건가요?"

"그냥 허브 차요. 착한 사람이 되려고요."

프레드가 웃는다.

"안타깝군요!"

지미는 특유의 방식으로 코를 푸는 프레드를 지켜본다.

"맡은 역할은 어떻게 되어가고 있나요?"

프레드가 묻는다.

"그냥…… 잘돼가는 편입니다. 몇 가지 흥미로운 점을 찾았거든요."

"다행이네요."

"오늘 아침에 혼자 춤추던 그 소녀. 저도 봤어요. 뭐랄까, 뭐라고 해야 하나……."

"……인상적이었죠."

"맞아요, 적당한 표현이네요. '인상적이었어요'."

찻잔을 비운 지미는 평소처럼 장난스럽게 거수경례를 하며 자리를 떠난다. 프레드는 미소를 짓지만, 레나가 오자 미소를 거둔다.

"어쩌면 줄리안과 제 사이에 아이가 없다는 게 문제였을 거예요."

프레드가 몸을 돌려 레나를 바라본다. 그는 진지해진다.

"나는 뭐가 문제인지 모르겠구나. 널 위로하자고 거짓말을 하거나 내가 이해하지 못할 것들을 말할 생각도 없고. 네 말이 맞아. 내가 이해하는 건 음악뿐이지. 왜 그런지 아니? 음악은 말이나 경험을 필요로 하지 않기 때문이야. 음악은 있는 그대로 존재하지. 네 엄마는 너를 이해했을 거야. 난 아니지. 그렇지만 네 엄마는 여기에 없다."

그들은 서로를 바라보지만 더 이상 아무 말도 하지 않는다.

텅 빈 레스토랑에는 노래를 부르던 우아한 여가수만 남아 있다. 그녀는 이브닝드레스 차림에 고풍스러운 모습 그대로 테이블에 앉아 게걸스럽게 닭 다리를 손에 들고 뜯고 있다. 시선마저 아예 아래에 두고 허기진 짐승처럼 먹기에만 집중한다. 그러던 그녀가 갑자기 움직이지 않는다. 그리고 고개를 들어 무언가를 관망하듯 허공을 응시한다. 바로 그 순간 그녀가 부른 〈릴리 마를렌〉 아카펠라 한 소절이 머릿속에 울려 퍼진다. 그녀가 음식을 내려다보자 노래가 끝난다. 그리고 그녀는 다시 게걸스럽게 먹기 시작한다.

늦은 시간이다. 작은 콘서트가 열렸던 정원에는 이제 아무도 없다. 프레드만 의자에 앉은 채 잠들어 있다. 조명 빛이 희미하게 퍼진다. 잠에서 깬 그는 정원 곳곳에 놓인 흔들의자 여러 개가 바람이 불자 동시에 움직이는 것을 본다. 이 흔들의자들 외에 다른 모든 곳은 아무런 움직임이 없다.

호텔 로비가 비어 있다. 유일하게 소파에 앉아 있는 통통한 에스코트걸은 불편한 기색이다. 믹이 로비를 가로질러간다. 자기 방으로 가고 있는 중이다. 믹의 시선이 소녀에게 돌아간다. 소녀는 그에게 암시의 눈빛을 서툴게 보낸다.

그는 소녀에게 웃어 보이지만, 그 미소는 정중한 거절을 의미하는 아버지의 미소다. 소녀는 다시 심각하고 슬픈 얼굴을 하고, 몇 미터 걸어가던 믹은 생각을 바꾸기라도 한 듯 멈춰 선다.

 소녀는 믹이 멈춰 선 것을 알아챘지만, 일부러 눈을 돌린다. 믹은 소녀를 향해 몸을 돌리고 심각하게 갈등한다. 그리고 잠시 생각하더니 소녀를 바라본다. 소녀도 그를 쳐다본다. 그러나 늦었다. 믹은 이미 가버리고 없다.

27

프레드와 레나가 더블베드에 잠들어 있다.

창밖 발코니에서 무대조명이 천천히 켜지더니 검은 옷을 입은 열 명의 여자 형상이 드러난다. 모두 움직임 없이 진지한 표정이다. 바이올린으로 연주하는 〈심플송 3번〉 첫 소절이 서서히 들린다. 열 명의 여인은 연주에 맞춰 소프라노로 아름답게 노래한다. 프레드가 눈을 뜨고 말한다.

"그만."

그러고 나서 뭔가에 홀린 듯 이불을 젖히고 창문으로 허겁지겁 뛰어간다. 그러나 발코니에는 아무도 없다. 발코니는 그저 비어 있고 캄캄하다. 프레드는 창을 세차게 치며 소리친다.

"그만! 당장 노래를 그만하라고. 그만."

레나가 놀라 잠에서 깬다. 그녀는 걱정을 하고 있다.

"아빠, 그만하세요. 꿈이에요."

프레드가 다시 잠에서 깬다. 그는 더 이상 소리를 지르지 않고 유리창에 매달린 것처럼 멍하니 발코니에 그대로 있다. 레나는 그런 그를 뒤에서 바라볼 뿐 아무 말도 하지 않는다.

28

  뾰족한 산 정상 아래에서 스카이다이버들이 놀이 삼아 유연하고 가벼운 동작으로 회전을 하고 있다.
  프레드와 믹은 산책 중이다. 프레드는 느닷없이, 뜬금없는 이야기를 하듯 다소 과장되게 말한다.
  "오늘 아침에는 소변을 많이 봤지. 엄청났어. 오줌 누는 동안 생각했네. '세상에, 언제 멈추는 거야? 언제 멈추지?' 진짜 오줌이 멈출 것 같지 않았지. 얼마나 시원하던지. 요 몇 달간 단 한 번도 이렇게 시원하게 싸본 적이 없었는데 말이야."
  믹은 살짝 화가 난 기색을 애써 감추며 말한다.
  "잘됐네. 나도 기분이 좋군."
  그러나 프레드는 믹의 기분이 좋지 않다는 것을 알아챈다.
  "농담이야, 믹. 그런 일 없었어."
  "프레드, 이런 일로 농담하지 마. 전립선은 심각한 문제란 말이야."

"늘 속는다니까. 벌써 60년째 내가 하는 말은 뭐든 믿어 버리지."

"나는 이야기를 만드는 사람일세. 그러기 위해서는 모든 걸 믿어야 해. 자네, 요전 날 기억하나? 자네가 더 이상 부모님이 기억나지 않는다고 했던 거 말이야."

프레드가 웃는다.

"아니, 기억 안 나네."

"아니, 자네는 기억하고 있어. 그 이야기를 듣고, 나는 부모님뿐 아니라 내 어린 시절조차 기억하지 못한다고 생각했지. 그런데 기억하는 딱 한 가지가 있네."

"뭔데?"

"자전거 타는 법을 배우던 바로 그 순간. 별거 아닐 수도 있지만, 얼마나 기뻤던지! 정말 좋았지. 그리고 오늘 아침에 처음으로, 마치 마법에 걸린 것처럼 바로 그다음 순간을 기억했다네."

"넘어졌겠지."

"젠장, 어떻게 알았어?"

"다들 그러니까. 무언가를 배우면 너무 기뻐서 멈추는 걸 잊거든."

"하지만 그건 인생에 있어서 중요한 은유 아닌가?"

"성급히 결론짓지 말자고, 믹."

그러더니 잠시 후 신기한 일이 벌어진다. 갓 열 살을 넘긴 소년이 좁은 산길을 따라 반대편에서 오고 있다. 소년은 마침 산악자전거를 타고 기막힐 정도로 능수능란하게 앞바퀴를 들어 올린 채 페달을 밟고 있다. 믹과 프레드는 말없이 아이를 쳐다본다. 소년은 하나의 바퀴만으로도 빠른 속도로, 마치 유령처럼 조용히 그들을 지나쳐 간다.

두 사람은 고개를 돌려 홀린 듯 소년을 쳐다본다. 프레드가 잠시 생각에 잠기더니 말을 꺼낸다.

"자네, 그거 아나?"

"뭐?"

"내 생각에, 너랑 나는 안 죽을 거야."

믹은 프레드를 쳐다본다. 그리고 미소를 짓고는 덧붙인다.

"성급히 결론짓지 말자고, 프레드!"

그러던 중 무언가 믹의 주의를 사로잡는다. 말 없는 독일인 부부가 녹색으로 옷을 맞춰 입고는 울창한 숲 속으로 들어가고 있다. 믹이 프레드에게 신호를 보내자 프레드도 고개를 돌려 그 부부가 숲 속으로 사라지는 것을 목격한다. 프레드는 망설이지 않는다. 믹에게 진지하게 말한다.

"따라가보자."

29

 프레드와 믹은 가시나무 뒤에 숨죽이고 숨어 무언가를 훔쳐본다. 뭘 보고 있는 걸까.
 그들은 나무에 기대어 서 있는 부부를 보고 있다. 옷을 한껏 풀어헤치고, 남자는 굶주린 사춘기 소년처럼 열정적으로 여자의 몸속에 들어가고 있다.
 그들은 미친 사람들처럼 섹스를 즐긴다. 남자가 몹시 흥분한다. 그리고 여자도 절정에 다다른다. 이제 두 사람에게 절정의 순간이 왔다. 둘은 동시에, 동시 오르가즘이라는 신화를 현실화한다. 부부는 그 쾌감에 소리를 지른다.
 그렇게 그들은 자신들의 방식으로 대화를 나눴다.
 프레드는 무표정한 표정으로 지갑에서 50프랑을 꺼내 믹에게 건넨다.

30

 프레드가 복도를 걷고 있다. 레나는 스위트룸 문 앞에서 그를 기다리고 있다. 무슨 일인지 불안하고 긴장한 채로 프레드를 찾은 모양이다.

"아빠, 어디 갔었어요? 어떤 남자가 한 시간째 기다리고 있어요. 그 사람 말로는 자기가 여왕 특사래요."

 프레드는 그의 방문이 달갑지 않은 듯 한숨을 내쉰다.

"제가 거실에서 기다리라고 했어요."

31

 레나는 특사에게 커피를 따라 준다. 특사는 소파에, 프레드는 작은 안락의자에 조그마한 테이블을 사이에 두고 마주 앉아 있다. 레나는 프레드 뒤편 의자에 앉는다.
 특사가 초조하게 바지 호주머니를 뒤지자 담뱃갑의 윤곽이 뚜렷하게 보인다. 프레드가 알아챘다.
 "원한다면 여기서는 담배를 피워도 됩니다."
 특사는 자신의 귀를 의심한다. 그는 막 지진이 일어난 것처럼 놀란다.
 "정말요?"
 "음악광인 호텔 매니저 덕에 누리는 몇 가지 작은 특권이죠."
 특사가 무한한 감사의 미소를 보낸다.
 "제가 얼마나 기쁜지 모르실 겁니다."
 "긴장되나요?"
 "무척 긴장됩니다."

특사는 담배를 깊게 들이마시며 말한다.

"그런데 재떨이는 없습니다."

"괜찮습니다. 제가 알아서 하겠습니다."

"그럼, 말씀해보시죠. 제가 시간이 많지 않아서요. 잠시 후에 장세척을 받아야 합니다."

특사는 자기도 모르게 고통스러운 표정을 보이며 덧붙여 묻는다.

"많이 아플까요?"

"아뇨, 그저 창피하죠."

특사는 한숨을 내쉬고는 말을 시작한다.

"여왕 폐하를 설득하지 못했습니다. 선생님께서 그 곡을 주저하신다고 말씀드렸고, 대체할 곡도 제안했습니다. 선생님을 대신할 다른 음악가와 다른 종류의 연주회까지 제안했습니다. 그런데 다른 건 원하지 않으십니다. 어쩔 수 없었어요. 여왕께서 선생님을 원하십니다. 오직 선생님의 〈심플송〉을요. 여왕께서는 필립공이 다른 노래는 듣지 않는다고 말씀하셨습니다."

"미안합니다. 무례하게 보이고 싶지 않습니다만, 제가 연주회를 하는 일은 없을 겁니다."

"왜죠?"

"지난번에 만났을 때 이미 설명했습니다. 개인적인 이유입니다."

"그렇다면 그 개인적인 이유를 해결할 방법은 없을까요?

"안타깝게도 없습니다."

"저는 지금 선생님께 간청하고 있습니다. 제 일이 쉬운 일이 아닙니다. 저는 선생님의 긍정적인 대답을 갖고 런던으로 돌아가야 합니다."

"그러나 제 대답은 부정적입니다."

레나는 그들의 대화를 유심히 듣고 있다.

"뭐가 마음에 들지 않으신 겁니까? 이해가 가질 않습니다. 날짜? 장소? 오케스트라? 소프라노? 여왕 폐하?"

"부탁합니다. 그만하세요. 개인적인 이유가 있습니다.

특사는 외교 능력을 상실하고 약간 화를 내고 있다.

"그래서 그 개인적인 이유라는 게 도대체 뭡니까?"

프레드는 대답하지 않는다. 레나는 이해하기 시작한다. 그는 이해하지 못하지만 그녀는 이해한다. 그녀는 자신의 모습이 들키지 않게 소리 없이 흐느낀다.

"말할 수 없으니 개인적인 이유라고 하는 겁니다."

"그 개인적인 문제를 해결하도록 도와주십시오. 무엇 때문에 안 된다고 하시는 겁니까?"

프레드가 아무렇게나 대답한다.

"소프라노입니다."

특사가 방긋 웃는다. 그는 해결책을 찾았다고 생각한다.

"그럼 바꾸겠습니다. 아무 문제없습니다."

"그래도 소용없습니다."

"조수미는 최고의 소프라노이고, 선생님과 함께 무대에

설 수 있다는 사실에 감격했다고 합니다. 감격했답니다! 너무 기뻐했답니다!"

"관심 없습니다."

"그녀의 어떤 부분이 마음에 안 드십니까?"

"그런 거 없습니다. 그녀를 잘 알지도 못합니다."

"그런데 왜요?"

프레드는 더 이상 참지 못한다. 목소리를 높여 거의 소리를 지른다.

"이제 그만해요! 그만!"

레나의 눈에 눈물이 그렁그렁 맺히더니 심하게 흐느끼기 시작한다. 울지 않는 척하지만 쉽지 않다. 특사는 그런 그녀도 이해하지 못한다. 그는 아무 말도 하지 않는다. 무슨 말을 해야 할지 모른다. 그는 포기한 듯 양팔을 벌린다.

"정말 이해가 안 가는군요. 대체 뭐가 문제입니까?"

프레드가 다시 소리를 내지른다. 그리고 앞뒤 없이 말을 퍼붓기 시작한다.

"문제는 〈심플송〉이 아내를 위해 작곡했다는 겁니다. 그리고 내 아내만이 그 노래를 불렀습니다. 내 아내만 그 노래 앨범을 만들었습니다. 그리고 내가 살아 있는 한, 내 아내만이 그 노래를 부를 수 있습니다. 근데 문제는, 선생, 내 아내가 더 이상 노래를 부를 수 없다는 겁니다. 이제 이해했습니까? 네?"

레나는 눈물을 감추기 위해 양손을 얼굴 위에 덮는다.

프레드는 지치고 피곤해 제정신이 아닌 듯하다.

특사는 할 말이 남아 있지 않다. 그는 일어나 담뱃갑에 담배를 비벼 끈다. 그리고 뜻밖의 상황에 당황해 대답한다.

"네, 이제 이해가 됩니다. 그리고 진심으로 사과드립니다."

그는 재빨리 출구로 향한다.

프레드와 레나는 그대로 자리에 남아 있다. 그는 시선을 허공에 두고, 그녀는 그의 뒤에서 눈물을 흘린다.

복도의 작은 종들이 경쾌하게 울린다. 육교 위 직원들은 모두 담배를 끄고, 우리로 돌아가는 양 떼처럼 다시 호텔 안으로 들어간다.

32

 마사지사가 손에 오일을 묻힌다. 프레드는 마사지 침대에 엎드린 채 머리를 페이스홀에 넣고 바닥을 내려다본다. 그 아래에는 작은 여성용 샌들이 놓여 있다.
 마사지사는 프레드의 등에 손바닥으로 부드럽게 오일을 바른 후 마사지를 시작한다. 그러다 잠시 후 손을 멈춘다.
 "다른 마사지를 할게요. 스트레스가 많이 쌓였네요. 아니, 정확하게 말씀드리자면 긴장하셨네요."
 "아가씨는 손으로 다 이해하는군요."
 "반시년 많은 걸 알 수 있어요. 그러나 사람들은 만지는 것을 두려워하죠."
 "아마 쾌락과 관련된 문제라고 생각하기 때문일 겁니다."
 "그렇다면, 말하는 것보다 서로 만져줘야 할 이유가 더 많네요."
 프레드는 말이 없다. 그저 바닥만 바라본다. 그리고 잠시 후 다시 말한다.
"말하는 걸 좋아하지 않나요?
"할 말이 아무것도 없어요."
그녀가 천진난만하게 대답한다.
"우리는 가끔 그걸 잊는데, 솔직한 건 참 좋은 거죠. 그렇죠?"
마사지사는 다른 방법으로 마사지를 한다. 그녀는 아무 할 말이 없다. 그래서 더 이상 아무 말도 하지 않는다. 프레드는 긴장을 풀고 눈을 감는다.

33

 믹과 작가들은 산 정상을 향해 가파른 산길을 오른다. 오르던 중에 산에서 내려오는 한 젊은 가족과 마주친다. 아이 아빠는 등산용 아기 캐리어를 짊어졌는데, 그 안에는 세 살쯤 된 아이가 곤히 자고 있다. 믹은 그 아이를 유심히 바라본다.
 정상에 다다르자 맑은 기운의 정적이 감돌면서 감탄이 절로 나올 만한 알프스 산과 계곡의 장엄한 경관이 그들 눈앞에 펼쳐진다.
 전망대 위에는 유료 망원경이 비치되어 있다.
 그들은 말없이 경치를 내려다본다. 믹은 그들 곁에서 몇 발자국 떨어져 나와 망원경에 동전 한 개를 넣고 그들을 부른다.
 "다들 이것 좀 봐."
 여자 작가가 먼저 믹에게 다가간다. 믹은 그녀에게 설명을 시작하고, 다른 작가들도 그의 말에 귀를 기울인다.

"자, 내 말 들어봐. 저기 저 앞에 산이 보이지?"

"네, 아주 가까이 있는 것 같아요."

"바로 그거야. 젊은이들에게는 그렇게 보이지. 모든 것이 아주 가깝게 보인다고. 그게 바로 미래인 거지. 자, 이제 이쪽으로 와봐."

이번에는 그녀에게 망원경의 반대쪽을 대준다.

그녀는 망원경으로 친구들 얼굴 하나하나를 쳐다본다. 2미터 반경에 있는 그들이 거꾸로 된 렌즈 덕에 아주 멀리 있는 것처럼 보인다.

"노인들에게는 그렇게 보이지. 전부 다 아주 멀리 보여. 그게 바로 과거인 거야."

그녀는 감동을 느낀다. 틈만 나면 그녀와 말다툼을 하던 남자 작가도 그의 말에 감동한 얼굴빛을 드러내지만, 거꾸로 보는 망원경으로는 그가 너무 멀리 보여 알 수 없다.

그들은 모두 말이 없다. 믹이 가방에서 샴페인 한 병과 플라스틱 컵 몇 개를 꺼내며 말한다.

"젊었을 때부터 늘 스스로 다짐했지. 늙은이들이 자주 저지르는 실수는 절대 하지 않겠다고 말이야. 왜, 늙은이들은 재미도 없고 뭐든 다 아는 척만 하잖아. 근데 내가 딱 그 꼴이 됐어. 어쨌든 미안들 하네. 자, 그럼 진지한 이야기로 돌아가서……. 브렌다는 하루라도 빨리 영화를 시작했으면 해. 그리고 여러분과 이 대본을 함께 썼다는 게 얼마나 자랑스러운지. 한 가지 고백을 하자면, 내가 지금까지 스무 편 정도 영화를 만들었지만, 그건 아무 의미가 없어. 이 영화만이 내게 큰 의미가 있거든. 이 안에는, 그러니까…… 내 감성과 지성, 윤리적인 유언까지 담겨 있다고 할 수 있지. 내겐 이 영화뿐이야. 자, 그럼 〈생의 마지막 날〉 세 번째 초고를 마친 기념으로 건배하자고!"

"그럼 결말은요?

"결말은 언젠간 떠오르겠지. 자, 건배!"

고목나무가 즐비한 정원, 차양으로 덮인 산책로에는 아무도 없다. 갑자기 육중한 몸에 배가 어마어마하게 나온 사내가 온몸에 머드팩을 범벅하고 나타난다. 그는 잘못 깎은 조각상 같다. 그는 광분하여 휴대전화를 움켜쥐고 나폴리 억양이 강한 이탈리아어로 소리를 지른다.

"그래, 너도 잘 생각해봐. 뭐야, 그러니까 지금 나한테 이틀 후에 피오르 디 라테(신선하고 부드러운 질감의 치즈_역주) 2만 4천 개를 배달하라는 거잖아. 정신 나갔어? 지금부터 내 말 잘 들어. 지금 나는 느긋하게 휴기를 즐기고 있으니 스트레스를 주지 말란 말이야. 알고 있는지 모르겠지만, 마지막으로 내 편안한 휴가를 망쳐놓은 놈, 그 이후에는 편히 못 쉬었단 말이지. 끊는다. 내일 왓잡(Whatsapp, 스마트폰 메신저 서비스_역주)으로 연락할게."

34

 지미와 프레드는 한가로이 수영장에 몸을 담그고 있다. 그들은 수영장 벽에 나란히 어깨를 기대고 폭포처럼 쏟아져 내리는 물을 등으로 맞고 있다.

 프레드는 한쪽 눈만 뜬 채로 멀지 않은 곳에 믹과 의사가 함께 걷고 있는 것을 본다. 그들은 쉬지 않고 무언가에 대해 이야기를 주고받고 있다. 프레드는 다시 눈을 감는다.

 그렇게 말없이 눈을 감고 물속에 있던 두 사람은 바이올린 소년이 말을 걸자 정신이 들어 눈을 뜬다.

"안녕하세요, 프레드 밸린저 선생님."

"안녕."

"프런트에 알아보니 선생님이 진짜 프레드 밸린저가 맞더라고요."

"그래, 이제 안심했다니 됐다."

 옆에서 지미가 미소를 짓는다.

"또 한 가지 말씀드리고 싶은 게 있어요."

"말하렴."

"팔꿈치를 교정해주신 이후로 연주가 훨씬 나아졌어요. 소리가 더 자연스러워요."

"다행이구나. 왜인지 아니? 네가 왼손잡이라 그렇지. 왼손잡이들은 불규칙하거든. 그럴 땐 원칙을 벗어난 자세가 오히려 도움이 되지."

이때 갑자기 남미인이 그들 가까이 다가와 통통한 얼굴을 내민다. 그는 프레드와 소년의 대화를 엿듣다가 강렬한 스페인 억양을 감추며 천진난만하게 말한다.

"저도 왼손잡이랍니다."

세 사람은 당황하여 기막히다는 표정으로 남자를 쳐다본다. 지미가 그에게 환한 미소를 보이며 말한다.

"맙소사! 당신이 왼손잡이라는 건 온 세상이 다 알아요."

35

 레나는 호텔 안에 있는 작고 아늑한 호숫가에 몸에 수건만 두르고 앉아 있다. 어깨 위로 드리워진 젖은 머리칼 덕에 그녀는 평소보다 더 아름다워 보인다.
 그런 그녀 앞에 히피 등산가가 약간 긴장한 모습으로 서 있다. 그 역시 몸에 수건만 두르고 있는데, 그 모습이 거대한 곰 같다. 수염과 어깨와 가슴팍에 있는 무성한 털과 긴 머리가 영락없이 크고 순한 짐승이다.
 그는 가만히 눈을 감고 앉아 있는 레나에게서 한시도 눈을 떼지 못한다. 침을 한 번 삼키고 용기를 내 말을 걸어 보려다가 수줍어 이내 곧 주저한다. 그러다가 다시 결심을 굳힌다. 이 순간이 그에게 절호의 기회인 것이다. 그는 티롤 지방(남쪽으로 이탈리아, 북쪽으로 독일과 국경을 접한 알프스 산간 지대에 위치한 오스트리아 서부_역주) 억양으로 그녀에게 말을 건넨다.
 "제 이름은 루치오입니다. 루치오 모로더."

겸연쩍은 그는 천둥이라도 치는 듯한 큰 소리로 바보처럼 웃는다. 눈을 뜬 레나는 아무 표정 없이 차갑고 짧게 인사한다.

"안녕하세요."

"전 알프스 등산가입니다. 가르치기도 하고요. 이곳에서 강습을 하죠."

그의 지적 수준을 의심하게 할 만한 크고 바보 같은 웃음소리가 또 한 번 터진다.

"이 시계는요, 포어러너 620이라는 거죠. 컬러 터치스크린에, 브이오투맥스, 그러니까 운동 중에 최대산소섭취량을 측정하는 거죠. 크리스마스에 제 사촌에게 선물하려고요. 항상 함께 산을 오르거든요. 사촌도 여기 왔어야 했는데, 욕조에서 미끄러져 대퇴골이 부러졌지 뭡니까."

그녀가 살며시 미소를 짓는다.

"욕조가 에베레스트보다 더 위험하군요."

"정말 맞는 말이네요."

그는 잠시 말이 없다. 그리고 말을 잇는다.

"혹시 제가 K2 정상에서 뭘 찾았는지 아세요?"

"뭘 찾으셨나요?"

"침대 옆에 놓는 작은 탁자요."

"설마."

"진짜예요. 그러나 서랍에는 아무것도 없더라고요."

잠시 침묵이 흐른 후 그가 다시 입을 연다.

"등산을 하면 얼마나 기분이 좋은지 아세요? 뭐랄까, 자유의 기분이랄까요."

그는 자신이 한 말을 감당하지 못하는 듯 또 바보처럼 웃어댄다. 레나는 다시 눈을 지그시 감고 농담 섞인 어조로 대답한다.

"저는 무섭기만 할 것 같은데."

"아, 그것도 아주 괜찮은 기분인 거 아세요?"

그가 또 다시 웃는다. 레나는 눈을 뜨지만 그를 쳐다보지 않는다.

호숫가 한쪽에는 정육면체 통유리 벽으로 된 실내 수영장이 우뚝 서 있다. 유리 벽 안쪽에서는 프레드가 무표정한 얼굴로 딸을 내려다보고 있다.

36

 흰 목욕 가운을 걸친 프레드와 믹, 지미는 간이침대 위에서 한가로이 일광욕을 즐기고 있다. 모두 눈을 감고 있다.
 프레드는 배 위에 신문을 펼쳐 놓은 채 쉬고 있고, 믹과 지미는 대화를 나눈다.
 "함께 작업한 여배우 중에서 누가 가장 재능이 많았나요?"
 "당연히 브렌다 모렐이지. 정말 천재라니까. 아마 평생 두 권 이상 책을 읽지 않았을 거야. 그나마 한 권은 자기 자서전이고. 분명히 유령 작가가 대필했겠지만, 그래도 브렌다는 천재야."
 지미가 미소를 짓는다.
 "어떤 의미에서 천재라는 건가요?"
 "훔치는 데 소질이 있으니 문화적 소양은 필요 없는 거야. 도둑질만으로 자기 자신을 형성시킬 수 있거든. 브렌다가 그래. 내 영화들 덕분에 스타가 되긴 했지만, 길거리가 바로 자기 집이라는 사실을 단 한 번도 잊은 적 없지. 그리고 여전히 거리에 남아 훔치고 있지. 모조리 다. 그렇게 해서 영원히 기억에 남을 인물들을 창조하는 거야. 두 번이나 오스카상을 거머쥐었잖아."

"뭘 훔치던가요?"

"〈크리스탈의 여인〉을 찍고 있을 때였어. 전기기사가 촬영장 뒤쪽으로 살짝 발을 절면서 지나가고 있었지. 그가 짧은 한쪽 다리로 발걸음을 내딛을 때마다 작은 발자국 소리를 냈어. 아무도 그 소리를 듣지 못했는데 브렌다는 들었어. 그녀가 연기하는 도중에 갑자기 '스톱!'을 외치는 거야. 그래서 내가 소리를 질렀지. '젠장, 브렌다! 지금 뭐 하는 거야? '스톱'은 내가 하는 거야.' 그러자 그녀가 그랬지. '젠장, 믹. 내 역할이 잘 안 되면 '스톱'은 내가 하는 거야.' 그러고는 그녀가 전기기사를 쳐다봤어. 전기기사는 당황해 죽을 것 같은 기색이었지만, 그녀의 얼굴에는 화색이 돌더군. '믹, 내 인물도 다리 한쪽이 짧아야 해. 그녀는 절름발이야.' 나는 의자에 풀썩 주저앉고 말았지. 그리고 그녀에게 말했어. '브렌다, 당신 정신이 나간 거야? 네 인물은 절름발이가 될 수 없어. 그 인물은 온 세상이 갈망하고, 모든 남자가 사랑을 나누고 싶어 하는 그런 여자란 말이야. 하나의 꿈이라고.' 그러자 그녀가 그러더군. '믹, 꿈도 나름 문제가 있는 법이야'라고."

지미가 웃는다.

"브렌다가 옳았네요. 그런 직감으로 결국 두 번째 오스카상을 차지했으니까요."

간간히 둔탁한 소음이 들린다. 프레드만이 이 소리를 듣고 눈을 뜬다. 그러나 햇빛이 정면으로 비치는 바람에 공중으로 솟구쳤다가 다시 아래로 떨어지는 작고 검은 원반 같은 물체만 얼핏 보인다. 프레드는 궁금해 더 이상 가만히 앉아 있을 수만은 없다. 그는 그 물체가 보이는 곳으로 향하고, 지미와 믹도 따라나선다.

37

 테니스장에 도착한 세 남자는 눈앞에 보이는 광경에 할 말을 잃는다. 고도비만의 그 남미인이 엄청난 노력으로 상상도 하지 못할 일을 하고 있다.
 그는 왼발로 테니스공을 찬 뒤 공이 바닥에 떨어지기 전에 다시 20미터 상공으로 받아 찬다. 노란 공은 그렇게 공중으로 향한다. 공은 다시 쏜살같이 떨어지고, 그는 경탄할 만큼 자연스럽게 다시 그 공을 받아 찬다.
 그들은 눈을 의심한다. 정말 믿기지 않는 일이다. 그렇게 대여섯 번 곡예를 하던 그는 지칠 대로 지쳐 발길질을 멈추고 가쁜 숨을 몰아쉰다.
 지미는 철조망 울타리에 기대어 둔 지팡이를 발견하고는 재빠르게 남자에게 가져다 준다. 그는 감사의 눈빛을 지미에게 건넨 뒤, 땀을 줄줄 흘리며 말없이 지팡이를 짚고 뒤돌아 천천히 걷는다.
 셋은 그렇게 테니스장 한가운데에서 힘겨운 걸음으로

경기장을 떠나는, 한때 세계에서 가장 위대했던 축구 선수의 뒷모습을 바라보고 있다.

38

 영국식 꽃무늬 벽지를 바른 한쪽 벽이 보인다. 매일 오후 그 벽 앞 작은 테이블 위에는 광택이 나는 은제 찻상이 차려져 있다.
 작은 손가방이 갑자기 찻상 위로 격하게 날아오고, 그 위에 있던 잔들이 우르르 땅에 떨어진다. 손가방이 떨어지면서 열린다. 그 안은 비어 있다.
 잠시 후, 특사가 혼비백산하여 가늘게 떨리는 목소리로 말한다.
 "여왕 폐하, 지금 저를 때리려고 하신 겁니까?"
 "그렇소, 베일 씨. 내가 당신을 치려고 했소."
 특사는 세상이 끝난 것처럼 지친 한숨을 내쉰다.

39

 호텔 레스토랑의 저녁 식사 자리에서 독일인 부부는 여전히 말이 없다. 바른 자세로 식사만 할 뿐 서로 다른 쪽을 보고 있다.
 알프스 등산가는 프레드와 믹과 함께 앉아 있는 레나가 자신을 알아보지 못하자 풀이 죽은 얼굴로 힐끔힐끔 쳐다본다.
 지미는 마크 코즐렉과 다른 친구들과 함께 식사를 한다. 지미가 말론 브란도를 절묘하게 흉내 내자 친구들이 깔깔대며 웃는다.
 오늘 저녁 메뉴는 초밥이다. 모두 젓가락으로 식사를 한다.
 프레드와 믹, 그리고 레나가 조용히 식사를 하고 있다. 레나는 전에도 했던 이야기를 다시 꺼낸다.
 "프랑스 사람들이 또 전화했어요. 아빠 일과 생애에 관한 회고록 작업을 함께하고 싶다는데…… 뭐라고 할까요?"

프레드는 잠시 생각한다.
"이렇게 말해……."
그는 더 이상 어떤 말을 더 해야 할지 모른다. 잠시 침묵이 흐르고, 레나와 믹은 그의 말을 기다린다. 레나가 묻는다.
"뭐라고요?"
"날 잊으라고 해! 난 지금 연금 생활을 하고 있어. 은퇴했다고! 일에서도, 삶에서도."
똑같은 이야기를 자주 들은 믹은 이제 더 이상 못 참겠다는 듯 눈을 치켜뜬다. 프레드가 말을 잇는다.
"할 이야기가 없어. 무엇보다 내가 관심이 없다고."
"이제 그 멍청한 이야기 좀 그만할 수 없어? 자네 음악이 얼마나 특별한 감동을 줬는데."
"그런데 말이야, 믹. 그 감동은 너무 과대평가되었어."
믹은 젓가락을 내던지며 화를 낸다.
"그렇게 우울에 빠져 냉소주의자가 될 때마다 정말 못 참겠네. 내가 어떻게 몇 년간 자네 친구로 남아 있었는지 정말 의문이야."
"자네는 참을성이 많지."
"넌 멍청이고."
"맞는 말이야!"
레나가 끼어들려고 하지만 흥분한 믹이 선수를 친다.
"자네가 평생 일궈온 작업에 관한 책은 영원히 남게 될 거야. 젊은 음악 학도들과 필요한 모든 사람에게 긴요할 거라고. 아주 중요하……."

프레드가 말을 가로막는다.

"아주 중요하지. 후대에 회고록을 남기고, 지식을 전달하고. 벌써 몇 년 째 이 똑같은 이야기만 듣고 있는데, 이건 유일한 문제를 회피하려는 변명일 뿐이네."

"그 유일한 문제가 뭔데?"

"죽음이지, 이 친구야! 목전에 와 있는 죽음."

"그렇게 다가올 죽음만 생각하면 살아 있어도 사는 게 아닐 거야."

확신에 찬 믹은 고개를 끄덕인다. 그리고 레나에게 말한다.

"네 아빠가 어떻게 날 돌게 하는지 알겠지?"

"레나도 다 알아."

프레드가 대답한다.

"하지만 아빠 인생과 일을 되돌아본다는 게 멋진 생각 같지 않나요?"

레나가 묻는다.

"전혀. 마음만 아파. 다들 그거 이해하나? 난 아무 할 이야기가 없어. 이 모든 것에 대해 스트라빈스키가 그랬지. 그가 아주 단조로운 음악을 작곡하자 다들 혹평했거든. '신성모독'이라고 말이야. 비평가들은 그가 모더니즘을 저버렸다며 독설을 퍼부었지. 그러나 그는 단지 과거를 재발

견하고 그의 거울을 다시 들여다봤을 뿐이었어. 그때 그가 이런 훌륭한 말을 했지. '당신들은 존경한다. 하지만 나는 사랑한다.' 내가 더 이상 무슨 말을 할 필요가 있나?"

레나와 믹은 이제 아무 말도 하지 않는다. 프레드는 젓가락을 다시 들었지만 더 이상 먹지는 않고 허공만 잡고 있다. 레나는 그를 쳐다본다.

예기치 못한 상황에서 바이올린 소년이 그들에게 다가온다. 프레드는 이를 알아채지 못한다. 소년은 젓가락을 쥔 프레드의 손을 자세 교정해주듯 조심스레 젓가락 위에서 3센티미터 옮겨준다. 그러자 프레드는 시선을 들어 소년에게 슬픈 미소를 보인다.

소년은 늘 뛰어다니는 여느 아이처럼 말없이 미소를 짓고 뛰어간다.

40

 호텔 정원 야외무대에서는 한 남자가 못이 잔뜩 박힌 침대에 눕는 묘기를 선보인다. 레나와 프레드, 믹, 지미는 아무 감흥 없이 이 저녁 공연을 지켜본다. 지미가 한마디 한다.
 "정말 애처롭네요, 여기 공연들. 팬터마임까지 하면 완벽하겠어요."
 "보통 시즌 막바지에 팬터마임을 하지."
 프레드가 말한다. 남자가 손끝 하나 다치지 않고 묘기를 끝내자 관중들이 박수를 보낸다. 뻘겋게 드러난 등을 내보인 채 그는 이제 입에서 불을 뿜는다. 그리고 공연을 끝마친 후 관중에게 말한다.
 "감사합니다, 여러분. 이제 계속해서 전통 알페호른 앙상블 연주가 시작됩니다."
 노인 여덟 명이 길고 긴 호른을 들고 무대에 올라 구슬픈 연주를 시작한다. 그사이, 호텔 지배인으로 보이는 한 남자가 다가와 지미에게 말을 건다. 그들도 둘의 대화를 엿듣는다.

"지미 트리 씨, 실례합니다만 저희 호텔에 고객이 막 도착하셨습니다. '조이스 오웬스'라는 분으로, 얼마 전 미스 유니버스에 당선되셨죠. 선생님 팬이라며 만나 뵙고 싶어 합니다."

"그래요, 그럼."

지배인이 신호를 하자 정원의 어두운 모퉁이에서 그녀가 나타난다. 모두 기대했지만, 그녀를 보자 알 수 없는 실망감에 빠진다. 그녀는 입기만 해도 몸매가 망가질 것 같은 후줄근한 운동복 차림으로 통통해 보이기까지 한다. 피부는 엉망으로 머리카락은 윤기 없고 건조하며 지저분하다. 어둠 속에서도 보랏빛으로 변색된 것을 알 수 있는 선글라스는 촌스러운 테인 데다가 그녀 얼굴에 비해 두껍다. 게다가 지미와 악수를 하며 인사를 할 때의 목소리 또한 예쁘지 않다.

"만나서 반갑습니다. 제가 당신의 열렬한 팬이거든요. 〈미스터 큐〉에서 연기하셨을 때, 말 그대로 제가 완전히 뿅 갔어요."

지미는 눈을 위로 치켜뜬다. 〈미스터 큐〉 이야기는 더 이상 못 견디겠다는 표정이다.

"제가 로봇 나오는 영화는 모두 챙겨 보는 편인데, 그중에서 〈미스터 큐〉를 제일 좋아해요."

"고맙습니다. 그런데 로봇 나오는 영화 말고 다른 영화도 보시나요?"

그가 비아냥대며 묻는다.

"물론이죠! 저는 아직 젊은 데다가 영화배우가 되고 싶거든요. 외모에 의존해 살고 싶지는 않아요."

지미가 비웃듯 미소 짓는다.

"그럼 로봇영화 말고 어떤 영화를 보시나요? 만화영화?"

그녀는 약간 경직된다.

"제가 보고 싶은 걸 보죠."

"훌륭하시네, 미스 유니버스!"

이제 그녀는 심각해진다.

"지미 트리 씨, 그거 아세요?"

"뭘요?"

"저도 농담하는 거 좋아해요. 하지만 악의가 담긴 농담은 진정한 의도를 잃고 결국 다른 것을 드러내게 하죠."

"뭘 드러내죠? 어디 들어봅시다."

"좌절감이요. 지금 같은 상황에서는 제가 아니라 당신의 좌절감이죠."

지미의 얼굴에 불안한 기색이 감돈다.

"제가 좌절감에 빠져 있습니까, 미스 유니버스?"

"저는 제가 미스 유니버스에 참가한 걸 후회하지 않아요. 당신은 〈미스터 큐〉에서 연기한 것을 후회하나요?"

지미는 아무 대답도 하지 못한다. 그 자리에 있는 사람들 모두 당황한다. 지미는 그녀가 이겼다는 것을 인정하듯 악수를 청한다. 그러나 그녀는 악수에 응하지 않고 자리를 뜬다. 믹은 손바닥으로 앞머리를 정리하고, 지미는 그를 쳐다본다. 믹은 순식간에 멀어지는 그녀를 응시하며 얼어붙은 분위기를 깨고자 입을 연다.

"못 참겠군. 젊은이들의 저 뻔뻔한 과시."

"특히 그 말을 듣는 사람이 더 이상 젊지 않다면 더더욱."

프레드가 덧붙인다. 믹이 웃으며 말한다.

"저런 여자는 한번 호되게 혼나봐야 해. 진짜로, 한번 당해봐야 한다고!"

프레드는 다시 공연을 듣고 있는 지미 쪽으로 고개를 돌린다. 그러고는 뼈 있는 농담조로 그에게 말한다.

"저 미스 유니버스는 전혀 멍청하지 않군!"

지미는 프레드를 쳐다보지 않고 되받아친다.

"전혀요!"

그들은 모두 함박 미소를 짓는다.

레나는 여자 특유의 시선으로 그녀가 멀어지는 모습을 지켜보다가 시야에서 완전히 사라지자 90도로 고개를 돌려 등산가에게 일부러 시선을 고정시킨다. 그는 계속 레나를 바라보고 있다. 등산가의 눈이 예사롭지 않게 빛난다.

41

 죽은 사람도 벌떡 일어나 춤추게 할 펑키 음악이 한 소절 흘러나온다. 〈Can't Rely on You〉다.
 고급스러운 마세라티 한 대가 햇살 가득한 산길을 쏜살같이 달리고 있다. 줄리안이 운전대를 잡고 있고, 뒷좌석에는 화려하게 화장을 한 팔로마 페이스가 머리를 쑥 내민다. 그녀는 노래를 부르고 있다. 란제리 차림에 관능적인 몸동작으로 흐느적대며 춤을 춘다. 호텔에서 만났던 무명의 초라한 여자와는 딴판이다. 그녀가 줄리안의 귀를 핥자 그는 쾌감에 신음 소리를 낸다. 점점 더 흥분한 그녀는 마치 표범처럼 네 발로 엎드린 채 몸을 비튼다. 그리고 노래를 흥얼대며 한 마리 뱀처럼 능숙하게 열린 창을 통해 미끄러지듯 빠져나간다.
 자동차 위로 올라가 서 있는 그녀는 관능미를 잃지 않고 춤을 추며 노래한다. 자동차의 움직임에도 떨어지지 않는다. 비디오 클립 속에서 연기를 하고 있기 때문이다.

줄리안은 흥분하여 창밖으로 몸을 내밀어 바보처럼 중얼거리며 그녀의 몸을 아래서부터 훑으며 올려다본다. 그녀를 잡기 위해 몸을 너무 많이 내밀어 핸들을 발로 잡아야 할 지경이다. 차가 미끄러지지만 위험하지는 않다. 그들은 비디오 클립 속에 있기 때문이다.

줄리안은 사고를 피하기 위해 다시 운전대를 잡는다. 잠시 앞을 주시하지만, 잠시 후 팔로마가 앞창에 나타난다. 그녀는 천천히 보닛으로 미끄러져 내려온다. 그러는 와중에 유리창에 짓눌린 몸을 하고 그에게 윙크를 하거나 혀를 내밀어 보인다. 자동차는 시속 2백 킬로미터로 달리고 그녀의 머리칼이 바람에 휘날린다.

팔로마는 곡예를 하듯 창을 통해 차 안으로 들어온다. 그리고 줄리안 옆자리에 앉는다. 그는 그녀를 만지고 싶어 하지만, 그런 그를 안달 나게 하듯 그녀는 일부러 몸을 피한다.

그녀가 잠깐 노래를 멈추고 그에게 말한다.

"자, 이제 내가 무슨 일을 저지르는지 봐!"

그녀는 글러브 박스를 열어 그 안에서 기이한 성인용품을 꺼낸다. 무섭게 번쩍이는 금속 침이 촘촘히 박힌 까맣고 묵직한 고무다. 어디에 어떻게 쓰일지 짐작조차 하기 어렵다.

"자기야, 잘 봐."

그녀는 천천히 그 물건을 자신의 다리 밑으로 넣는다.

그 순간, 줄리안이 소리친다.
"맙소사!"

42

 여자의 비명과 함께 음악은 물론 모든 장면이 사라진다.
 프레드는 걱정스러운 얼굴로 침대 옆 탁자 위의 스탠드를 켠다. 레나가 온몸이 땀에 젖은 채 악몽의 충격으로 벌떡 일어난다. 숨이 막힌다.
 "레나, 무슨 일이니?"
 그녀는 숨을 헐떡인다. 서서히 정신을 차리고 숨을 고른다. 그녀는 프레드를 안심시킨다.
 "아무것도 아니에요. 꿈이었어요."
 "악몽을 꿨니?"
 "말하자면요. 이제 괜찮아요."
 프레드는 다시 불을 끈다. 희미한 빛이 방 안에 감돌고 있다. 그녀는 다시 자리에 누웠지만 잠을 잘 수가 없다. 둘은 서로 등을 맞대고 누워 있다.
 그녀가 묻는다.
 "남자로서, 그 미스 유니버스 어떤 것 같아요?"

"완전히 실망했어."

이 한마디 말에 용기를 얻은 듯, 잠시 후 그녀가 다시 말을 꺼낸다.

"아빠, 개인적인 이야기인데, 해도 될까요?"

"해봐."

"줄리안, 진짜 개똥 같은 놈이에요. 제가 침대에서 얼마나 잘하는데요."

"안다."

"어떻게…… 아세요?"

"너는 내 딸이잖니. 자랑은 아니지만, 나도 침대에서 끝내줬거든."

서서히 희미해지는 빛 속에서 무거운 분위기를 뒤로한 채 그들은 각자의 침대에서 깔깔대며 웃기 시작한다.

43

 기념품과 토속 목공예품이 가득한 가게 안이다. 프레드는 별 관심 없는 듯 선반 위 물건들을 둘러보며 어슬렁거린다.
 지미는 만족스러운 표정으로 남미인이 갖고 있던 것과 비슷한 지팡이를 카운터 위에 올려놓는다. 점원이 지팡이를 포장한다. 포장을 기다리는 사이, 호텔에서 봤던 창백한 얼굴의 소녀가 지미 곁으로 다가온다. 소녀는 눈 밑 불그스름한 다크서클로 침울해 보이기도 하지만 어딘가 아파 보이기까지 한다. 소녀는 긴장한 듯 손톱을 깨물며 지미를 뚫어지게 쳐다본다.
 그는 소녀의 존재를 알아차리고 고개를 돌린다. 소녀는 지미가 당황할 정도로 상당히 오랜 시간 그를 빤히 쳐다본다. 그러고는 당찬 목소리로 말을 붙인다.
 "아저씨, 영화에서 봤어요."
 "너도 〈미스터 큐〉를 재밌게 봤구나?"

"아뇨, 제가 본 건, 열네 살 된 아들을 고속도로 휴게소에서 처음 만나는 젊은 아빠 역할로 나온 영화였어요."

지미는 깜짝 놀란다. 그리고 작은 목소리로 말한다.

"그 영화는 아무도 모르는데!"

"이 대사가 좋았어요. 그 아들이 그러잖아요. '왜 아빠 노릇을 안 했죠?' 그랬더니 아저씨가 이렇게 말해요. '난 자격이 없다고 생각했어.' 그 순간 전 아주 중요한 걸 깨달았어요."

"뭘?"

"이 세상 어느 누구도 스스로 자격이 있다고 생각하는 사람이 없다는 걸요. 그러니까 걱정할 이유도 없다고요. 아저씨, 안녕! 호텔에서 봐요."

소녀는 천연덕스럽게 자리를 떠난다. 지미는 카운터 앞에서 움직이지 못한다. 그저 허공만 바라본다. 정신이 오락가락한다. 그가 갑자기 선글라스를 쓴다.

장식장 사이에서 프레드는 지미 뒤에 가만히 서 있다. 이 모든 대화를 듣고 있던 프레드가 이번에는 지미의 뒷모습을 뚫어져라 쳐다본다. 그 역시 깊은 인상을 받아 아무 말도 하지 않는다. 그저 이 순간의 감동에 젖어 있는 지미의 뒷모습만 보고 있다.

44

지미와 프레드는 마을로 이어진 긴 산책로를 걷고 있다. 정적 속에서 매미와 암소 방울 소리만 선명하게 들린다.

"선생님은 종일 뭘 하시나요?"

"사람들은 내가 무기력하다고 그러더군요. 그러니까 나는 아무것도 하는 게 없는 거죠, 뭐."

"다시 일하고 싶지는 않으세요?"

"전혀. 일은 할 만큼 했어요."

"그럼 그리운 게 있나요?"

"아내. 내 아내 멜라니가 그리워요."

"위키백과에서 읽었는데, 선생님이 어렸을 적에 스트라빈스키와 한동안 왕래를 했다던데요."

"맞아요."

"스트라빈스키는 어떤 사람이었죠?"

"아주 점잖았죠."

"점잖았다고요? 그게 다예요? 제게만 좀 알려주세요. 전

솔직한 친구가 필요해요. 이야기 좀 해주세요."

"한때 그가 나에게 그랬어요. '지식인들은 취향이 없다.' 그날 이후로 난 지식인이 되지 않으려고 애썼죠. 결국 해냈고요."

지미는 아무 말도 하지 않는다. 한동안 둘은 말없이 걷는다.

"그럼 당신이 그리운 것은 뭔가요"

"아무것도 없는 것 같아요. 다행이죠."

"친구, 내게 인심 좀 쓰시죠."

지미는 마치 거짓말을 들킨 것처럼 웃는다.

"전 제가 그리운 게 뭔지를, 넉 달 전 노발리스를 읽다가 깨달았어요."

프레드가 놀란다.

"노발리스를 읽었다고요?"

"할리우드 배우들도 술이나 마약에 취하거나 빼쩍 마른 모델들이랑 놀고 있을 때 말고는 노발리스를 읽기도 한답니다."

지미가 농담 섞인 말투로 대답한다.

"그래요, 미안해요. 난 편견덩어리 늙은이죠. 그래서 노발리스가 뭐라던가요?"

"'나는 늘 집으로 향한다. 아버지의 집으로'."

45

 마크 코즐렉이 스피커에 연결된 아이팟 재생 버튼을 누르자 방 안에 감미로운 키보드 선율히 흘러나온다. 느리고 조용한 음악이다. 코즐렉의 친구들이 집중해서 음악을 듣고 있다. 지미는 발코니에 있는 간이침대에 누워 있다. 그도 심각한 표정으로 음악을 듣고 있다. 담배를 찻잔에 짓이겨 끈다. 코즐렉이 다가와 지미 옆 간이침대에 눕는다.
 "어때? 어제 내가 작곡한 건데, 제목은 〈Ceiling Gazing〉야."
 지미가 진심으로 답한다.
 "정말 좋다, 마크."
 키보드 연주에 코즐렉의 노래가 덮인다. 소름이 돋을 정도로 감성적인 그의 목소리가 음악과 함께 흐른다.

46.

 마르고 얌전한 어린 마사지사가 자신의 방에서 유연한 동작으로 춤을 춘다. 전처럼 키넥트에 맞춰 춤을 추는데, 이번에는 다른 춤이다.

47

 남미인이 팬티만 입고 발코니 간이침대에 반쯤 누워 있다. 아내는 통증으로 고생하는 그의 굵은 다리를 주무르고 있다.

 그는 계곡 쪽을 멍하게 바라본다. 그러다 갑자기 환영을 본다. 축구장에나 있을 법한 환한 투광 조명등이 켜지더니 스물두 명의 선수가 두 팀으로 나뉘어 서 있다. 한 줄로 서 있는 열한 명의 선수는 아르헨티나 유니폼을 입었고, 다른 쪽 팀은 영국 유니폼을 입고 있다.

 스물두 명의 선수는 가파른 언덕을 힘겹게 올라 호텔 정원에 다다른다. 그들은 일렬로 줄을 서서 있지도 않은 관중에게 인사를 한다. 마치 중요한 경기를 앞둔 광경이다.

 남미인은 이 환영에 푹 빠져 감흥에 젖어 있다. 그의 아내가 애처로운 눈길로 그를 올려다본다. 그가 감상에 젖어 있음을 알아채고 스페인어로 묻는다.

 "무슨 생각해요?"

이때 경기장 조명등이 순식간에 꺼진다.
"미래."

48

 레나는 스위트룸 더블베드에 누워 잠을 자고 있다. 방 안에는 희미한 불빛이 감돈다.
 프레드는 거실 소파 한가운데 앉아 있다. 그곳에서는 잠든 레나의 모습을 볼 수 있다. 그는 시선을 돌려 허공을 응시한다. 사색에 잠긴 채 드문드문 사탕 껍질을 엄지와 검지로 문지르고 있다. 그 소리는 단순하면서도 듣기 좋은 멜로디가 된다.
 그 작은 소리에 레나가 깬다. 그녀는 한쪽 눈을 뜬다. 그리고 가만히 누워 거실에 우두커니 앉아 있는 프레드를 지켜본다.

49

 호텔 로비에는 야간 조명이 희미하게 밝혀져 있다. 프런트 직원 두명은 방금 막 도착한 손님 여섯 명을 접수하느라 분주하다. 그들은 평범하게 생긴 40대 여자 네 명과 남자 두 명이다. 단단한 금속 가방 몇 개만 짐으로 들고 있다.
 잠시 후, 커버를 씌운 열 개 남짓의 옷이 걸려 있는 속행거를 밀며 다른 두 여자가 들어온다. 그들은 모두 피곤해 보인다.

50

 호텔 안에는 알프스 암벽을 모방해 석고로 만든 지하 동굴 모형이 있다. 동굴 한가운데에 있는 긴 회전식 계단을 따라 바닥까지 내려가면 큰 원형 욕조로 바로 연결된다. 욕조의 물은 탁하고 염분이 많아 가만히 있으면 몸이 뜬다.

 희미한 조명이 켜져 있는 욕조 안에 작가 다섯 명과 믹이 보인다. 어떤 이는 정면으로, 어떤 이는 나체로 물 위에 떠 있다. 모두 제각각이다.

 그들은 그곳에서 〈생의 마지막 날〉의 결말을 논의하고 있다. 익살스러운 분위기의 작가가 제안한다.

 "죽음을 목전에 둔 그가 침대에서 그녀에게 속삭이는 거야. '살아 있는 동안 너만 바라보고, 우리의 사랑만 생각했어야 했는데. 난 보험왕이 되려고 내 일생을 일에 바쳤으니'라고 말이야."

 "아니면 그녀에게 간단하고 평범한 말을 남기는 거야. '몸 조심히 잘 살아' 하고."

사랑에 빠진 작가가 말한다. 그러자 지적인 작가가 끼어든다.

"아니야, 마지막 순간까지 육체적 고통에 중점을 둬야 해. 그러니까 '이제 모르핀도 소용이 없군' 이렇게 말하는 거야."

"남자가 의미 없는 사소한 말을 하는 건 어때? '25년 전, 당신이 선물한 말굽 모양 열쇠고리는 어디로 사라졌을까!'라고 한다면?"

여자 작가가 제안한다. 믹이 그들의 말을 가로막는다.

"아니야, 남자는 죽음의 순간에 아무 말도 안 해."

작가들은 아무 말도 하지 않고 믹의 다음 말을 기다린다.

"여자가 말하지. 브렌다 말이야. '마이클, 나는 당신 곁에서 수많은 시간을 잃어버렸어요. 내 생애 가장 아름다운 시간들, 그걸 잃어버렸다고요'라고."

모두 침묵한다. 그러자 수줍은 많은 작가가 말한다.

"어, 그럼. 죽음을 코앞에 둔 그에게 그녀가 따귀를 한 대 때리는 거예요."

믹과 작가들은 멍해진다. 그는 분위기를 파악하고 상황을 얼른 수습한다.

"농담입니다."

51

코즐렉의 감미로운 음악이 조용한 복도로 흘러나간다. 여섯 명의 투숙객들이 금속 기구들과 부피가 큰 금속 가방을 옮기고 있다. 일행은 가는 도중 문이 반쯤 열린 방을 의식하지 못하고 그 앞을 지나간다.

그 방 침대 위에는 기진맥진한 채 땀을 흘리는 한 노인이 웃통을 벗고 앉아 있다. 그는 바닥을 내려다보며 물을 마신다. 못생기고 통통한 에스코트걸이 외투를 입고 있다. 그녀는 촌스럽고 품위 없는 걸음걸이로 방을 나가 엘리베이터 앞에 도착한다.

52

 다시 코즐렉의 음악이 흐른다. 연회장은 아직 한밤중이다. 한 남자가 천천히 지미의 머리칼을 빗겨 넘긴다. 지미는 진지한 표정으로 거울을 보고 있다. 거울 가장자리에 전구가 붙어 있는 메이크업용 거울이다. 남자 미용사는 이발기로 지미의 뒷목부터 머리칼을 짧게 층을 낸다. 진지하고 엄숙한 분위기 속에서 다른 사람들은 미용사를 지켜보고 있다.

 잠시 후 미용사는 정확하고 능숙한 손놀림으로 지미의 앞머리를 오른쪽으로 넘긴다. 그런 후 두 손을 헤어젤 통에 넣는다. 중년의 여자가 조심스럽게 옷 커버 지퍼를 내리자 얼핏 녹색 옷이 엿보인다.

53

 코발트블루 색인 수영장에 수중 라이트가 켜져 멋진 빛으로 물든다.
 짧은 머리를 한 지미가 배를 위로 하고 천천히 개구리헤엄을 친다. 그러다 그는 노인처럼 가쁜 숨을 내쉬며 밖으로 나와 물기를 닦고 옷을 입는다. 그는 녹색 군복 바지에 다리를 넣는다. 정면은 보이지 않는다.
 멀리 알프스 산 너머로 동이 트기 시작한다.

54

 군복을 입은 아돌프 히틀러는 차양으로 덮인 긴 산책로를 당당하고 진지한 자세로 걸으려 애쓰고 있다. 어느 정도는 나무 지팡이 덕에 가능하다. 그는 불안정하고 작은 걸음으로 걷고 있는데, 말하자면 예순 정도 된 몸이 불편한 히틀러인 셈이다. 그러나 그는 히틀러가 아니다. 완벽하게 변신한 지미다.
 그는 연기에 푹 빠져 근엄한 독재자로서 조심스럽게 주변을 살피며 천천히 산책을 하고 있다. 주위를 둘러보지만 아무도 없다.
 그러다가 갑자기 히틀러는 걸음을 멈춘다. 종종 믹이 그러듯 그도 앞머리를 손바닥으로 이마에 갖다 붙인다. 그러고는 과장된 몸짓으로 나치식 경례를 한다.
 지금 그는 앞에 서 있는 열세 살의 창백한 소녀 프란체스카에게 팔을 들어 올리고 경례를 한 채 잠시 그녀의 반응을 기다린다. 소녀는 아무 말 없이 그를 바라보다가 무서워하는 기색 없이 살짝 미소를 짓는다.

55

 믹은 목욕 가운을 입고 실내 수영장 간이침대에 앉아 있다. 레나는 한가로이 수영을 즐기고 있다. 그곳에 그들 말고는 아무도 없다.
 "네가 줄리안과 헤어진 것에 대해 유감이라는 말을 한 번도 하지 않았구나."
 레나가 수영장 가장자리에서 멈춘다.
 "그러니까, 줄리안이 네게 그렇게 행동한 것에 대해 사과하고 싶다."
 "사과요? 아버님이 왜요?"
 "솔직히 말하자. 그놈 아버지로서 내가 좀 더 노력을 했어야 했어."
 "줄리안이 뒷일은 생각 않고 감정대로 한 건데요, 뭐. 어떤 냄새를 맡았던 거예요. 저도 이제 그 냄새를 맡기 시작했어요."
 "무슨 냄새?"

레나가 웃는다.
"현기증 나는 자유의 냄새요."
믹도 미소를 짓는다.
"그래, 나도 그 냄새가 뭔지 알지."
"그런데 아빠가 아버님께 여왕 이야기를 안 하셨나요? 런던에서 〈심플송〉을 연주해달라고 요청이 왔는데 모두 거절한 이야기, 정말 안 하셨나요?"
"전혀. 나에겐 아무 이야기도 안 했어."
"정말 이상한 친구 사이라니까."
"이상하다고? 아니야. 우리는 아주 끈끈한 친구 사이지. 원래 좋은 친구는 서로 좋은 이야기만 하는 거야. 그 여왕 이야기는 우리 우정과는 아무 상관없다고 판단한 거겠지."
"〈심플송〉을 공연할 수 없는 이유가, 그 노래를 부를 수 있는 유일한 사람이 엄마이기 때문이래요."
믹이 놀란다.
"진짜 그랬단 말이야?"
"네, 여왕 특사에게 그러더라고요."
"그렇게 낭만적인 말을 하기까지 80년이 걸렸는데, 결국 누구에게 그 말을 했다고? 여왕 특사? 나 참."
레나가 웃는다. 믹도 따라 웃는다.
"밤에는 자고 있는 저를 쳐다보곤 하세요. 어젯밤에는 생전 처음으로 자고 있는 저를 쓰다듬어주셨어요. 저는 그냥 자는 척하고 있었죠."
"부모는 자식들이 자는 척하는 거 다 알아."
레나는 눈시울이 붉어져 몸을 돌린다. 그런 모습을 들키기 싫어 믹에게서 등을 돌린다.
"아빠를 걱정하는 거니?"
"아뇨, 걱정하지 않아요."

56.

 이 호텔이 조용하다는 것은 누구나 다 아는 사실이지만, 지금처럼 조용한 적은 처음이다. 이곳에 있는 모든 사람이 히틀러가 앉아 있는 테이블을 일제히 쳐다보고 있다. 그는 시선에 아랑곳하지 않고 푸짐한 아침 식사에 집중하고 있다.
 더 기이한 것은, 60년 후의 진짜 독재자 앞에 있는 것처럼 모두가 복종의 자세로 그를 바라보고 있는 것이다. 어떤 이들은 레스토랑을 나가거나 그의 앞을 지나갈 때, 지도자에 대한 예의를 갖추듯 가볍게 고개를 숙이거나 "안녕하십니까" 하고 인사까지 한다.
 히틀러는 거만한 태도로 고개를 끄덕이며 인사에 답한다. 그리고 주머니에서 손수건을 꺼내 코를 풀고는 프레드가 하듯이 코를 재빠르게 네 번 문지른 후 주머니에 다시 넣는다.
 프레드는 히틀러를 지켜보다가 자신의 버릇을 흉내 내는 것을 보고는 알 수 없는 미소를 보인다. 잠시 후 지미

앞에 독일인 부부가 멈춰 서더니 여자가 그를 냉엄한 얼굴로 응시한다. 그리고 아주 진지한 목소리로 경고한다.
"다시는 이런 짓 하지 마세요."

57

프레드와 믹은 모자와 선글라스, 최신 유행 배낭과 주황색 스판덱스 티셔츠, 반바지에 알록달록한 솔로몬표 등산화와 등산 스틱으로 무장하고 케이블카에 나란히 앉아 3천 미터 상공을 올라가고 있다. 그들은 알프스 산 암벽의 아찔한 봉우리를 말없이 바라본다.

잠시 후 믹이 입을 연다.

"오늘 아침에 레나와 잠깐 이야기했어. 자네 걱정을 하더군."

프레드는 가만히 산 정상만 응시한다. 믹은 프레드의 말을 기다리지만 아무 대답이 없다.

"멜라니에게 안 간 지도 몇 년이나 됐어. 왜 안 가나? 여기서 베니스가 그리 멀지도 않은데."

프레드는 태연하게 아무 말도 하지 않는다. 믹이 고개를 돌려 그를 보지만, 그는 여전히 산만 바라본다. 믹이 다시 한 번 말을 걸어본다.

"레나가 엘리자베스 여왕 이야기를 해주더군. 자네, 나한테 아무 이야기도 안 했잖아. 어쨌든 좋은 기회인 것 같은데, 그렇지 않나? 나도 콘서트에서 마지막으로 〈심플송 3번〉을 들으면 정말 좋겠어."

"나는 전혀 아니야."

"물론 너는 멜라니와의 추억을 배신하고 싶지 않겠지. 하지만 믿음을 지키기 위해서는 때로는 배반할 용기도 필요한 거라고. 안 그래?"

잠시 말이 없던 프레드는 산을 보며 대답한다.

"믹, 어떤 생각이 내 머릿속에서 빙빙 돌아."

"무슨 생각?"

"질다 블랙과 정말 잤다면 어땠을까."

믹은 당황한다.

"그러게, 어땠을까!"

프레드는 믹이 진심이 아닌 것 같아 고개를 돌려 그를 빤히 본다. 그러고는 농담 반 진담 반으로 야유한다.

"거짓말쟁이!"

믹이 그의 눈을 피한다.

58

 해발 3천 미터 위, 사방을 둘러싼 알프스 산이 고요 속에서 절경을 이룬다. 들리는 건 바람 소리뿐이다.
 프레드와 믹은 멀리 계곡을 향해 아래로 뻗은 초원에 앉아 있다. 그곳에는 그들과 자연뿐, 아무도 없다. 그들은 아무 말도 하지 않는다. 프레드가 사탕 껍질을 벗겨 사탕을 입에 넣는다.
 오랜 침묵 뒤에 적막을 깨고 프레드가 말한다.
 "믹."
 "왜?"
 "우리 왜 이런 복장을 하고 있는 거냐?"
 믹이 옅은 미소를 짓는다. 적막 속에서 프레드가 음폭을 타며 사탕 껍질을 문지른다. 믹은 곁눈질로 친구의 손놀림을 지켜본다.
 "별로야!"
 "뭐가?"

"사탕 껍질로 작곡하고 있는 그 노래."

프레드가 잠깐 동안 소리 내서 웃는다. 그러더니 갑자기 진지해진다.

어두운 정원을 가로지르는 차양이 덮인 길을 통통하고 촌스러운 에스코트걸과 그녀의 가냘픈 엄마가 손을 잡고 걷고 있다. 호텔 표시등이 모녀의 머리 앞에서 환하게 빛나고 있다. 그들은 호텔 입구에 다다른다. 늘 하던 대로 엄마는 딸에게 입맞춤을 한다.

"잘해라."

딸은 호텔 안으로 들어가고 그녀는 마지막 눈길을 던진다.

59

 수증기로 뜨겁게 달아오른 긴 나무 의자에 믹과 프레드만 앉아 있다. 그들은 아랫도리를 수건으로 꽉 잡아매고, 죽음을 목전에 둔 짐승처럼 땀만 줄줄 흘리고 있다. 그렇게 말없이 사우나 열기에 지쳐 있을 때쯤, 어떤 놀랍도록 아름다운 형상이 그들에게 생기를 준다.
 목욕 가운을 걸친 조각상 같은 한 여인이 그들 앞에 나타나 이내 가운을 벗는다. 전라의 모습이다.
 그녀는 누가 뭐래도 환상에 사로잡힐 만한 완벽하고 아름다운 육체를 가졌다. 이 여인, 아니 이 창조물은 이제 더 할 나위 없이 우아하고 여성스러운 몸짓으로 나무 의자에 수건을 깔고 그 위에 다소곳이 눕는다. 그리고 자신이 나체인 것도, 두 노인이 그곳에 있는 것도 신경 쓰지 않고 편안한 자세로 눈을 감는다.
 그녀는 자신이 그들에게 당혹감을 줬다는 사실에는 아랑곳없이 너무나 편안한 상태다. 두 노인은 기이한 자연현상을 보듯 당황하여 그녀를 바라본다. 그리고 다시 이성을 되찾기까지 너무 많은 시간이 걸린다. 그들은 그녀가 들을까 소곤거린다.

"누구야?"

"누구긴, 미스 유니버스잖아."

믹이 대답한다.

"완전히 다른 사람인데? 못 알아봤어."

"로봇영화를 보다가 변신했나 봐."

프레드는 웃지 않는다. 아니, 웃을 수가 없다. 숨이 멎을 것 같은 미모의 그녀를 넋 놓고 바라보는 것밖에 달리 아무것도 할 수가 없기 때문이다.

"그거 알아? 오줌 이야기만 하느라 그곳의 다른 기능을 잊었다는 거."

"믹, 이상한 상상은 금물이야."

"상상이라니? 요즘 세상에 알약까지 다 나와 있는데……."

"그건 현실 왜곡이고."

"그래서? 그럼 내가 영화 만들면서 평생 한 건 대체 뭐냐!"

이때 그녀가 천천히 다리를 살짝 움직이고, 이 작은 움직임에 그들은 더 긴장한다.

"근데 저 여자는 우리 같은 인간들에겐 관심 없어. 자신에게 어울리는 몸에 관심 있지. 섹스는 음악 같은 거야. 조화를 추구하지. 당연해. 우리는 더 이상 그 조화를 선사해 줄 수 없는 거야, 친구."

수위가 찾아오지 않았다면 그들은 자신들을 향한 애처로움에 울었을지도 모른다.

"보일 씨, 누가 찾아왔습니다."

믹은 짜증 섞인 한숨을 내쉰다.

"아, 우리가 지금 일생일대의 마지막 평온을 즐기고 있는 게 안 보이나? 대체 누구요, 훼방을 놓는 사람이?"

"브렌다 모렐입니다."

60

 바로 여기, 말로만 듣던 그 천재가 있다. 한때 가장 신비로운 여자로 정평이 나 있던 브렌다 모렐. 그녀는 완벽한 옷차림으로 안락의자에 꼿꼿하게 앉아 있다. 여든이 훌쩍 넘긴 나이로 곳곳에 성형수술을 한 흔적이 보인다. 잦은 성형수술이 쉽지 않았음을 짐작케 하는 얇은 살갗의 주름진 목에는 특유의 광채를 내는 다이아몬드 목걸이가 걸려 있다. 부드럽게 흘러내려온 풍성한 금발은 가발로 보인다.

 그녀는 믹을 기다리며 혹시나 립스틱이 묻어 있을까 싶어 가지런한 틀니를 혀로 능숙하게 훑는다. 이때 VIP 휴게실로 들어온 믹이 반가움과 애정을 유난스럽게 표현한다. 그러나 브렌다는 반응이 없다. 그녀는 심각하고 진지하다.

"오, 브렌다! 너무 반가워!"

"안녕, 믹."

 그들은 서로의 뺨에 키스한다.

"브렌다, 당신 정말 멋지군. 신수가 훤하고 섹시해 보여."

"지금이 무슨 19세기인 줄 알아?"

그가 과장되게 웃는다.

"그래, 이 깜짝 방문은 뭐야? 더 이상 기다리기 힘들었나 봐? 초고를 바로 어제 끝냈어. 마지막 장면을 고심하다가 드디어, 어제 해냈지. 지금 당신이 여기까지 이렇게 왔으니, 대본을 보여줄게. 그런데 LA에 있다고 하지 않았나? 유럽에는 무슨 일이야?"

브렌다는 그의 눈을 진지하게 바라본다.

"우리가 서로 알고 지낸 지 몇 년이지, 믹?"

"이런, 새삼스럽게! 어디 보자, 그러니까……"

"53년간 알고 지냈지. 그럼, 우리가 만든 영화는 몇 편이지?"

"아홉? 열?"

"열한 편이야. 53년 우정에 열한 편이나 되는 영화를 함께 만들었는데, 당신에게 이렇게 멍청한 이야기나 하자고 여기 온 줄 알아?"

믹은 당황한다.

"아니, 아니지……. 내게 그럴 자격이 없겠지."

"그래, 당신은 그럴 자격이 없어. 당신은 내가 이것은 이거, 저것은 저거라고 말하는 것에만 자격이 있지. 그래서 직접 LA에서부터 여기까지 날아온 거야."

브렌다의 진지함을 넘어 엄격하다시피 한 이 태도는 믹

에게 무언가를 떠오르게 한다.

"당신이 왜 이러는지 알아. 브렌다, 장면 21에서 당신을 묘사한 부분 말이야. '흉하게 늙어가는 희미해진 미의 그림자' 이거 때문이라면, 그건 어디까지나 시적 허용이라는 걸 알아야 해. 당연히 세트장에서는 다른 방식으로 진행할 거야. 나는 당신이 영화에서 근사하게 나오길 바란다고. 당신은 아직 예전 모습 그대로를 간직하고 있고, 영원히 슈퍼스타로 만들 그 신비와 매력을 간직해야 하니까."

"아부 그만해, 믹. 당신에게 할 이야기 때문에 나는 더 화가 나니까."

"뭐야, 무슨 이야기인데?"

"나 이 영화 안 할 거야, 믹."

"뭐라고?"

"뉴멕시코에서 TV시리즈를 하나 제안받았어. 3년 계약으로. 심한 뇌졸중에서 갓 살아난 알코올 중독자 할머니 역이야. 한마디로 정말 깨는 역할이지. 그런데 그 돈으로 잭의 재활 비용과 손녀 안젤리나 영화 학교 학비도 댈 수 있고, 멍청한 내 남편 빚도 갚을 수 있지. 그리고 남은 돈으로 14년 전부터 내가 그렇게 갖고 싶었던 마이애미의 그 별장도 살 수 있어. 당신에게 이 이야기를 하러 온 거야."

흥분한 믹은 목소리를 높인다.

"브렌다, 이건 영화야. 그건 텔레비전이라고! 텔레비전은 쓰레기야."

"믹, 그건 미래야. 아니, 사실대로 말하자면 그건 현재이기도 하고. 아니, 분명히 말하지. 왜냐하면 이 거지 같은 영화판에서 아무도 분명히 말해주는 인간이 없을 테니. 당신은 여든 살이 되어가고 있고, 당신의 수많은 동료처럼 당신 또한 나이 들며 더 형편없어졌어. 당신이 만든 최근작 세 편, 너무 쓰레기였지. 하지만 내가 하나 더 말해주지. 내게도 그랬고, 다른 사람들에게도 그랬고, 쓰레기도 그런 쓰레기가 없었다고!"

믹은 심장이 멎기 직전 상태다. 나이와 고혈압 때문에 화를 내면 안 되는데도 불구하고, 그는 소리를 고래고래 지른다.

"감히 그런 말을! 감히! 어떻게 감히! 분명히 말하자고? 그래, 그럼 어디 한번 분명히 말해보자. 지금도 그렇고, 앞으로도 그렇겠지만, 내가 신사가 아니었으면 너는 옛날 그 제작자들 책상 밑에서 여태껏 그 자식들 거기나 빨아주고 있었을 거라고! 53년 전에 내가 널 그 비루한 제작자들 팬티에서 꺼내준 거야. 내가 널 배우로 만들어준 거라고!"

브렌다도 점점 광분한다. 그녀도 소리를 지른다.

"나쁜 놈! 난 그 팬티 안에서 아주 잘 지내고 있었어! 왠지 알아? 그곳에 있기를 원한 게 바로 나였으니까. 난 누구에게도 고마워할 필요가 없어. 모두 혼자 이뤄낸 거야. 브루클린의 온 시내, 변소란 변소는 내가 다 청소하면서

액터스 스튜디오 비용을 냈고, 나 때문에 빚더미에 올랐던 엄마에게도 모두 갚았어. 나는 내 노력으로 할리우드에 정문으로 입성했다고. 마릴린, 리타, 그레이스 모두 내가 오는 걸 보고 벌벌 떨었지. 다 내 자서전에 나온 이야기야. 읽기는 했나?"

"그래, 안타깝게도 읽었지. 근데 당신이 진짜 그걸 쓴 사람은 아니잖아. 게다가 당신 자서전은 완전 쓰레기야. 당신이 이제 찍을 그 TV시리즈처럼 말이지."

브렌다는 산소가 부족한 듯 숨을 크게 들이마시더니 더 이상 소리를 지르지 않는다. 그녀는 스스로를 진정시키고 천천히 다시 말을 시작했는데, 이런 그녀의 태도는 오히려 더 매몰차게 느껴진다.

"쓰레기는 바로 지금 당신이 만들고 있는 영화야. 나도 영화가 뭔지 안다는 건 당신도 잘 알고 있겠지. 영화를 더 이상 모르는 건 바로 당신이지. 당신은 늙고 지쳐서 더 이상 세상을 볼 줄 몰라. 눈앞에 와 있는 죽음밖에 볼 줄 몰라. 당신의 필모그래피는 끝났어, 닉. 내가 당신을 좋아하니까 솔직하게 말하는 거야. 당신의 유언장 같은 영화에는 아무도 관심이 없다고. 오히려 지금까지 만든 좋은 영화들을 모두 무의미하게 만들 위험이 있어. 그거야 말로 용서받지 못할 테지. 단지 내 이름 하나로 만들어지고 있던 영화, 내가 참여하지 않음으로써 당신 인생을 구한 거야. 당신의 존엄까지."

믹은 지쳐서 더 이상 힘이 없다. 그는 간신히 가시 돋친 말을 중얼거렸다.

"당신은 배은망덕한 인간이야. 배은망덕한 데다 멍청이지. 그러니 그 경력을 쌓았지."

브렌다는 이제 더 이상 그런 모욕을 마음에 두지 않는다. 아니면 그 말이 사실이 아니라고 믿는지도 모른다. 그녀는 다이아몬드로 번쩍거리는 손을 내밀더니 의외의 행동을 보인다. 금방이라도 울음을 터뜨릴 것 같은 믹의 볼을 부드럽게 쓰다듬는 것이다. 그리고 말한다.

"그래, 믹. 당신 말이 맞아."

증오와 복수심이 가득한 믹이 입술 사이로 중얼거린다.

"나는 그래도 이 영화를 만들 거야. 당신 없이도."

이제 그는 울고 있다. 그녀는 그의 볼을 계속 쓰다듬는다.

"자, 삶은 계속되는 거야. 그 개떡 같은 영화 없이도 말이야."

낙담한 믹은 양손에 얼굴을 파묻는다. 신예 스타처럼 화려한 브렌다는 자리에서 일어나 살짝 주름진 옷을 매만지더니 3천 달러짜리 가방을 집어 들고 호텔 휴게실을 당당하게 떠난다.

61

 봄이 끝나가고 있다. 오늘 저녁 공연이 팬터마임인 것으로 알 수 있다. 연미복을 입고 얼굴을 하얗게 칠한 마임가는 애처로운 얼굴로 공연을 위한 모든 준비를 갖췄다.
 한쪽 구석에서 온몸을 진흙으로 덮고 있던 남자가 미스 유니버스에게 다가간다.
 "그거 아세요? 아가씨가 인류의 가장 아름다운 본보기라는 거?"
 "그거 아세요? 저도 똑같은 생각을 하고 있다는 거?"
 남자는 아무 말도 하지 않고 가버린다.
 마임가는 가상의 벽을 좀처럼 오르지 못하는 흉내를 내고 있다.
 다시 자신의 옷을 입은 지미는 믹과 앉아 공연을 가까이에서 보고 있다. 그들과 같은 테이블에 프레드와 레나가 앉아 있다. 믹은 힘없이 축 늘어져 있다. 공연을 보고는 있지만, 보는 게 아니다. 그는 시선을 허공에 둔 채 단조로운 음성으로 말한다.
"내가 지금까지 몇 명의 여배우와 함께했는지 아나?"
"아마도…… 많겠죠."
믹이 하소연을 시작한다.
"쉰 명도 넘지. 그리고 적어도 쉰 명의 여배우를 데뷔시켰고. 그들 모두 내게 무척 고마워했어. 난…… 여자들의 훌륭한 감독이라고."
프레드와 레나가 고개를 돌려 믹을 보지만, 모두 믹의 다음 말에 어떤 대답 또는 표현을 해야 할지 모른다. 지미가 믹의 눈을 들여다보며 대사를 읊는다.
"'그렇게, 그렇게 해야만, 프랭크, 당신은 날 결코 잊지 않을 거예요.' 그 대사 기억나세요?"
"나는 내가 만든 영화는 다 기억하네."
"선생님, 선생님은 여자들의 훌륭한 감독이 아닙니다. 그냥 훌륭한 감독입니다."
벽에 오르는 것에 실패하여 지친 마임가는 바닥에 뻗어 잠자는 흉내를 낸다. 프레드는 마임가를 유심히 보고 있다. 레나는 그런 프레드를 유심히 본다. 등산가는 그런 레나에게서 눈을 떼지 않는다.
마임가에게 한차례 박수가 쏟아지고, 관객들은 흩어지기 시작한다. 저녁 공연이 모두 끝났다. 그들도 돌아갈 준비를 하는데, 바이올린을 연주하던 그 소년이 프레드를 부른다.

"벨린저 선생님."

일행이 돌아본다. 소년은 무대 위로 뛰어올라 바이올린을 쥐고 〈심플송 3번〉의 첫 소절을 연주한다. 겨우 처음 두 소절만 연주할 뿐이지만, 이전에 비해 실력이 좋아졌다. 반복적인 음이지만 연주를 잘해 그 음의 감미로움이 감동을 준다. 시간이 멈춘 듯, 모든 사람이 소년의 단순한 연주에 매료된다. 지미, 마크 코즐렉과 그의 친구들, 등산가, 레나, 남미인과 부인, 독일인 부부, 노인과 요양사 들, 그리고 저속한 러시아인들, 미국 흑인 가족, 프란체스카와 어머니, 웨이터들, 의사, 호텔 매니저, 요리사들 모두 동화 속 주인공들이나 등장인물들처럼 한곳에 모여 있다.

그러나 그들 중 단 한 사람만이 그 단순한 바이올린 곡에 진심으로 감동을 받는다 그는 프레드가 아니라 믹이다. 믹의 눈이 촉촉하게 젖어 있다. 그리고 프레드가 유일하게 이를 알아챈다. 그는 태연하게 믹을 바라본다.

레나가 클라이밍 인공 암벽 받치에 서 있다. 그 시간에 체육관은 텅 비어 있다. 그녀는 우아한 이브닝드레스를 입고 암벽의 높이를 가늠하고 있다.

그녀를 따라온 것 같은 등산가는 조심스럽고 수줍게 그녀에게 다가가려고 뒤에서 움직인다. 그는 무척 초조하고 당황스러워하며 셔츠 매무새를 가다듬고 재빨리 머리를 정리한 다음 그녀 옆에 선다. 레나는 마치 그가 없는 것처럼 모른 체한다. 그가 어색하게 말을 건다.

"한번 올라가보시겠습까?"

이제야 레나가 그를 향해 고개를 휙 돌린다. 그녀는 너무나 관능적인 시선으로 그를 뚫어지게 바라보며 진지하고 음울하게 말한다.

"그거 아세요? 제가 원하면, 침대에서 남자를 미치게 만들 수 있다는 거?"

그 순간 등산가는 두 눈이 위로 치켜 올라가고 얼굴이 백지장처럼 창백해지더니 지금 유일하게 보일 수 있는 반응인 것처럼 털썩 쓰러진다.

레나는 조금 전 운명의 여인 콘셉트에서 곧바로 그를 걱정하는 친구가 된다. 그녀가 혼잣말로 외친다.

"젠장!"

그러더니 바닥에 쓰러져 있는 등산가에게 몸을 굽힌 후 정신이 돌아오게끔 그의 뺨을 두드린다. 그녀는 겁을 먹었다.

"모로더 씨, 모로더 씨! 일어나요, 제기랄!"

등산가는 다시 천천히 눈을 뜬다. 그는 근심 어린 얼굴인 레나와 불과 몇 센티미터 거리를 두고 마주 보고 있다. 그는 가늘어진 목소리로 말한다.

"당신은 그보다 더 사소한 일로도 남자를 미치게 할 수 있어요."

레나는 안심하며 미소를 짓는다.

통통한 에스코트걸이 슬픈 얼굴로 소파에 혼자 앉아 있다. 로비에는 아무도 없다. 믹이 그녀 뒤에 나타나 막힘없이 말한다.
"좋아, 결심했네. 현금 인출기에서 돈도 찾았지."
소녀가 몸을 돌려 그를 본다.
"뭘 하고 싶으신가요?"
믹은 진지하다.
"산책."

고목이 드문드문 서 있는 정원을 따라 믹과 촌스러운 에스코트걸이 서툰 사랑에 빠진 연인처럼 손을 잡고 걷고 있다. 그들이 하는 일은 그저 손을 잡고 단둘이 천천히 산책하는 것, 그것뿐이다.
한편 믹이 사랑에 빠졌다고 예측한 두 작가는 실제로 그랬다. 그들은 외진 벤치에 앉아 길고 긴 강렬한 첫 키스를 하고 있다. 키스를 하던 중, 여자는 믹과 에스코트걸이 산책하는 모습을 곁눈으로 목격한다.

62

 작은 기차역 플랫폼 벤치에는 다섯 명의 작가와 믹이 침울한 얼굴을 하고 나란히 앉아 기차를 기다리고 있다. 두 연인은 손을 잡고 있다. 잠시 침묵이 흐른 뒤 믹이 어색한 분위기를 깬다.
 "다들 얼굴이 왜 이래? 예상하지 못한 일이나 촬영 연기, 그런 일들은 이 바닥에서 늘 있는 일이잖아. 익숙해져야지. 제작자와 벌써 이야기 끝냈어. 다른 여배우를 섭외하는 대로 바로 촬영한다고. 몇 달만 더 기다리면 돼."
 "브렌다 모렐, 나쁜 년!"
 지적인 작가가 말한다.
 "브렌다 모렐에 대해 그렇게 말하지 마."
 "그녀는 기회주의자일 뿐이야."
 사랑에 빠진 작가가 덧붙인다. 믹이 다시 말한다.
 "다른 모든 사람과 다를 바 없지. 그게 이 정글에서 살아남기 위해 너희가 해야 할 일이고."

"그녀가 감독님을 만나기 위해 일부러 유럽에 왔다는 건 거짓말예요. 기사에서 읽었는데 칸 영화제 어느 자선 행사에 참석할 거래요."

다른 작가들이 이 말을 한 수줍음 많은 작가에게 재빨리 눈치를 준다.

"이제 이 모든 사실에 대해 너무 과민반응도, 확대해석도 하지 마. 허구는 바로 우리의 열정이라는 걸 기억하라고."

"감독님의 유언장 영화가 수많은 TV시리즈보다 훨씬 더 가치 있습니다."

익살스러운 작가가 말한다.

"내 유언장 같은 영화라고? 너무 과대평가하지 마. 거의 모든 사람이 유언장만 없이 죽는 게 아냐. 그들의 죽음조차 아무도 모른다고."

지적인 작가가 다시 말한다.

"대부분은 감독님 같은 위대한 예술가가 아니니까요."

"다를 거 없어. 인간, 예술가, 동물, 식물……. 우리는 삼 깐 등장하기 위해 이 세상에 불려온 것뿐이니까."

기차가 도착하고 문이 열린다. 작가들이 배낭을 짊어지고 기차에 올라탄다. 여태 말이 없던 여자 작가가 마지막으로 기차에 올라탄다. 플랫폼에 남은 믹은 그들을 쳐다본다. 문이 닫히기 전 여자 작가가 믹에게 환한 미소를 지으며 말한다.

"죽음을 목전에 두고 있던 그가 죽어요. 그제야 처음으로 그녀는 그에게 말해요, '마이클, 사랑해요'라고요."

믹이 감동에 차 미소를 짓는다.

"완벽해!"

문이 닫힌다. 기차는 점점 멀어져 모퉁이 뒤로 사라진다. 믹은 슬픈 얼굴을 하고 뒤를 돌아서 역을 빠져나간다.

63

 지치고 낙담한 믹은 계곡을 따라 늘 다니는 산책로를 작은 보폭으로 걷고 있다. 믹 말고는 아무도 없다. 아주 화창한 날이다. 청명한 하늘에 햇살이 밝게 빛나고, 공기도 맑다. 매미들이 한창 울어대고 있다. 마치 낙원 같다.
 갑자기 어디선가 그를 부르는 여자 목소리가 들린다.
 "믹!"
 믹은 약 1미터 높이의 풀로 드넓게 펼쳐진 초원을 향해 몸을 왼쪽으로 돌린다. 아무도 보이지 않는다. 그러다 잠시 후, 1950년대 비행기 승무원 옷을 입은 어떤 여인이 풀숲에서 불쑥 나타난다. 그녀가 그를 불렀고, 이제 근심스러운 목소리로 덧붙인다.
 "믹, 이 대사를 어떻게 해야 하죠? 잘 모르겠어요."
 대답할 틈도 없이 풀숲에서 또 다른 여인이 나타난다. 그녀는 비키니를 입은 소녀 시절의 진 세버그 같다. 그녀는 대사를 하며 연기를 한다.

"제임스, 네가 모르나 본데 나는 길이가 25미터가 안 되는 요트에는 절대 타지 않아."

잠시 후 글래머에 백치인 1960년대 금발 여인이 풀숲에서 나타나 역시 대사를 읊는다.

"아, 내가 정말! 애들아! 내 보라색 슬리퍼를 대체 어디에 숨긴 거야? 이제 그만해."

믹은 그녀를 보고 환하게 미소를 짓는다.

그러자 50대의 한 여인이 평수녀 옷을 입고 나타나 울기 직전의 감정으로 연기를 한다.

"알버트, 내가 이제껏 순결을 지키기 위해 어떤 대가를 치렀는지 당신은 몰라요! 당신을 만나기까지요!"

이제는 19세기 복장을 한 멋진 백작 부인이 고개를 쳐들고 대사를 읊는다.

"폐하, 저는 여섯 채의 성과 마차 스무 대를 소유하고 있지만, 단 한 가지 확언할 수 있는 건, 인생은 지루하다는 것입니다."

이번에는 1968년 좌익 투사 차림의 여인이 보인다.

"좋아, 우리는 모두 혁명을 원하지. 너무 지치지 않는 한에서 말이야."

믹은 여배우들 한 명 한 명을 행복한 눈빛으로 바라본다. 그들은 모두 각자 자신의 대사를 읊고 있다.

갑자기 서른다섯 살 정도의 여인이 풀숲에서 불쑥 올라온다. 붉은 머리를 늘어뜨리고 어깨를 드러낸 그녀는 매혹

적이고 매력이 넘치는 진정한 스타 배우의 모습이다. 그녀는 향수에 가득 찬 관능적인 목소리로 말한다.

"좋아, 네가 이겼어. 너랑 잘게. 근데 한 가지 조건이 있어. 그건 네가 오르가즘에 다다르지 않는 거야. 프랭크, 그래야지 너는 나를 결코 잊지 않을 테니까."

이제 믹의 여배우들이 볼링 핀처럼 한 사람 한 사람씩 일어난다. 그리고 각자 대사를 읊조린다. 먼저 나타났던 여배우들은 낮은 음성으로 같은 대사를 반복한다.

초원 여기저기에 흩어져 있던 온갖 유형의 여배우들(여군, 할머니, 여장을 한 게이 배우, 관능적인 요부, 가수, 체조선수, 발레리나 등 기타 많은 배우)이 한 사람씩 포개지더니 모두 하나로 뒤섞인다.

그러고 나서 불평하던 비행기 승무원이 다시 나타난다.

"믹, 당신은 그 여자 역할이 어떻길 바라나요? 정직한 여자? 가벼운 여자? 아니면 못된 여자? 걸음은 어떻게 걸을까요? 이 등장인물은 어떻게 움직이죠?"

믹이 대답하려는 순간, 수많은 여배우가 풀숲에서 일어나 믹의 주목을 끈다. 그들 가운데 유독 한 사람만이 믹의 마음을 흔든다. 그는 본능적으로 그녀를 부른다.

"어머니!"

이제 마지막으로 나타난 이 여인에게 무대를 내주고 다른 모든 여배우는 입을 다문다. 그녀는 다름 아닌 브렌다 모렐이다. 그녀는 싸구려 가운 의상을 입고, 흉하게 늙어

가는 희미해진 미의 그림자였다. 그리고 아무런 어조 없이 말한다.

"아들아, 어렸을 때 너는 참 귀여웠단다. 그런데 정말 말도 안 되는 건, 네가 그렇게 귀여운 남자로 남았다는 거야. 귀엽고 쓸모없는 남자로."

텅 빈 초원의 적막 속에서 믹은 눈물을 글썽인다. 이제 그곳에는 아무도 없다. 그는 혼자다. 몽상은 끝났다.

64

프레드의 침실이다. 프레드는 안락의자에 앉아 있고, 믹은 낙담한 얼굴로 침대 모서리에 앉아 덤덤하게 창밖을 바라본다. 프레드는 믹을 슬쩍 곁눈질한다. 그는 친구가 얼마나 힘든 시간을 보내고 있는지 안다.

"제작자와 이야기해봤나?"

믹이 몸을 돌려 그를 본다.

"프레드, 나는 이 일을 정말 오랫동안 해왔지. 그래서 브렌다가 없으면 이 영화는 결코 만들 수 없다는 걸 너무 잘 알아."

침묵이 흐른다. 믹은 잠시 생각한다. 그러고 나서 침대 옆 작은 탁자에 시선을 옮긴다. 그는 10년 전의 프레드가 아내를 안고 있는 사진을 바라본다. 사진 속 그들은 늙었지만 행복해 보인다. 그리고 아름답다.

"사진 속 멜라니, 정말 아름답다."

"그래, 맞아. 아름다워."

"있잖아, 프레드. 내가 한 가지 깨달은 게 있어. 사람은 아름답거나 못생길 수 있어. 그리고 중간에 귀여운 사람이 있지."

프레드가 쓴웃음을 짓는다. 믹도 쓴 웃음을 짓는다.

"이번 휴가도 끝나가네. 휴가가 끝나면 뭘 할 건가?"

"뭘 하긴! 집에 가야지. 흔한 일상으로."

"난 아니야. 나는 일상에서는 뭘 해야 할지 모르겠어. 내가 뭘 할 건지 알아, 프레드? 나는 또 다른 영화에 전념할 걸세. 자네는 감정이 과대평가된다고 말했지만, 그건 헛소리야. 우리가 가진 건 감정뿐이라고."

믹이 일어나 창으로 가 창문을 열고 발코니로 나간다. 그리고 너무 태연하게 한쪽 발을 등나무 의자에, 다른 한쪽 발은 난간에 올리더니 그대로 5층에서 뛰어내린다.

그 순간 프레드에게는 겨우 자리에서 일어설 시간밖에 주어지지 않았다. 너무 순식간에 벌어진, 예상하지 못했던 일이라 그를 구할 여지가 없었다.

65

보잉기가 활주로에 정지해 있다. 그 뒤로 알프스가 보인다. 기내는 만석이고, 승객들은 가만히 좌석에 앉아 있다. 승무원이 통로를 따라 걷는다. 그녀는 기품 있어 보이는 신사에게 공손하게 말을 건넨다.

"실례합니다. 휴대전화를 끄셔야 합니다."

갑자기 항공기 반대편, 커튼으로 분리된 비즈니스석에서 쉰 목청의 끔찍한 비명 소리가 들린다. 그러더니 비통한 큰 울음소리로 바뀌어 멈추질 않는다.

승객이 모두 놀라 비즈니스석 쪽으로 목을 뺀다. 승무원이 재빠르게 뛰어간다. 무척 흥분한 이 끔찍한 여자의 비명 소리는 한동안 계속된다. 그리고 다시 여자들의 고함과 싸우는 소리가 들린다. 이제 고함이 점점 잦아든다.

이미 승객 모두가 일어나 앞쪽을 쳐다보고 있다. 조종실과 가까운 앞쪽 비상구에서 여러 사람의 흥분된 목소리와 함께 계속해서 흐느끼는 소리, 알아들을 수 없는 소란스러운 소리들만 들린다.

피로에 지친 다섯 명의 승무원은 바닥에 누워 있는 한 사람을 움직이지 못하게 제지하고 있다. 그들 중 한 명은 입술이 터져 피까지 나고 있다.

제지당한 사람은 신음 소리를 내며 지친 몸부림을 친다. 그 사람은 브렌다 모렐이다. 그녀는 정신이 나간 채 바닥에 누워 있다. 드레스는 찢겨 노인용 살색 슬립이 드러나 있고, 화장은 다 지워져 고통과 눈물로 일그러져 있는 데다 알아들을 수 없는 말을 드문드문 내뱉는 그녀의 모습은 무섭기까지 하다. 그녀는 게다가 대머리다. 승무원들과 몸싸움을 하던 중 가발이 벗겨진 것이다.

이제 그녀가 하는 말이 이해된다. 그녀는 지쳐 있지만 자신을 내리누르고 있는 승무원들에게 낮은 목소리로 단호하게 말한다.

"나쁜 년들아, 나를 당장 이 거지 같은 비행기에서 내리게 해달란 말이야!"

조종실에서 지쳐 보이는 조종사가 나온다. 그리고 브렌다에게 말한다.

"알겠습니다, 모렐 씨. 당신이 이겼어요. 관제탑에서 승인했습니다. 이제 비행기에서 내리게 해드리죠."

66

초원 곳곳에 항상 똑같은 젖소들이 방울을 울려대고 있다. 프레드는 바위 위에 앉아 아무 표정 없이 젖소들을 바라본다. 그리고 눈을 감는다. 그는 마치 오케스트라를 지휘하듯이 팔을 움직이지만, 이번에는 아무 일도 일어나지 않는다. 종들은 계속 제각각 아무렇게 울린다.

프레드는 눈을 감고 신경질적인 손동작을 보인다. 그러고는 팔에 더 힘을 담아 움직이지만 역시 아무 일도 일어나지 않는다. 더 이상 집중하여 머릿속으로 작곡을 하지 못한다. 그는 지금 음악이 필요하지만, 음악은 아직 그를 필요로 하지 않는다. 그가 눈을 뜨니 소들은 여전히 그의 앞에 있다. 그는 그들에게 말도 안 되는 호통을 친다.

"조용히들 해."

그러나 소와 방울들은 그를 무시한다. 프레드는 약간 고개를 떨군다. 지쳐 있다. 그의 눈이 고통스러운 눈물로 젖어 있다.

이때 예상치 못한 일이 일어난다. 어떤 사전 신호도 없이 소들 사이로 슬며시 스카이다이버 한 명이 착륙한다.

프레드는 그를 유심히 지켜본다. 낙하산이 떨어지면서 남자와 땅을 살포시 덮는다. 남자는 힘들게 그 안에서 빠져나와 잘못된 장소에 착륙했음을 깨닫고 놀란다. 그가 프레드에게 차분한 목소리로 말한다.

"여기에 착륙하는 게 아니었어요."

그러고는 프레드의 말을 기다리지 않고 언덕 쪽으로 멀어져간다. 그를 지켜보던 프레드는 미소를 짓지만 아직도 눈가가 촉촉하다.

67

 알프스 산 쪽으로 툭 불거져 있는 출창 안에는 오래된 나무 새장이 있다. 이 예쁜 원통형 소품 안에는 멋진 검은 새 한 마리가 있다. 새는 단순하고 명쾌한 소리로 지저귀고 있다.

 이곳은 60대 의사의 진료실이다. 의사는 책상 뒤에 서서 괴롭고 슬픈 표정으로 프레드를 바라본다. 프레드는 책상 맞은편에 앉아 지저귀는 검은 새를 넋을 잃고 바라보고 있다.

 의사가 넌지시 먼저 입을 연다.

 "장례를 치르러 LA에 가실……."

 프레드가 그의 말을 자른다.

 "쉬잇!"

 의사가 입을 다문다.

 프레드는 마치 무언가에 홀린 듯 자리에서 일어나 새의 노래를 더 가까이 듣기 위해 출창으로 다가간다. 의사도

새를 보려고 고개를 돌리자 갑자기 새는 노래를 멈춘다. 그러자 프레드가 의사 쪽으로 몸을 돌리고 단숨에 말한다.

"새들은 정말 멋진 예술가란 말이지! 아니요, 나는 LA에 안 갈 겁니다. 믹 보일의 장례식에 가지 않을 거예요. 그리고 다신 이곳으로 휴가를 오지도 않을 거고요. 행복했던 곳으로 돌아가는 건 완전히 무의미하니까요. 남은 삶도 정면으로 바라볼 줄 알아야 할 테죠."

의사가 침울하게 고개를 끄덕인다.

"왜 나를 진료실로 불렀나요? 무슨 할 말이 있나요?"

의사가 책상에 앉는다. 그는 진료 카드를 집어 들고 펼친다.

"몇 주 동안 선생님이 받은 검사 결과가 모두 나왔습니다."

"어떻게 나왔죠?"

"선생님은 아주 건강합니다."

프레드는 간청하듯 묻는다.

"그럼 전립선이 안 좋습니까?"

의사는 놀란다.

"전립선이요? 선생님은 전립선에 문제가 있었던 적이 없어요. 여태 문제가 없었다면, 이제 와서 문제가 되지는 않을 겁니다."

프레드는 고개를 들어 의사를 바라본다. 그리고 예기치 않은 태도로 미소를 지으며 말한다.

"그러니까 나는 늙었지만, 왜 내가 늙었는지 알 수 없는 거로군요."

의사는 슬픈 기색이 가득한 미소를 짓는다. 프레드는 창밖을 바라보고, 정원 저쪽 멀리서 작업복을 입은 젊은 마사지사가 빠른 걸음으로 걸어가는 모습을 발견한다. 소녀는 빠르고 가볍게 걷고 있고, 프레드는 그런 그녀를 평소처럼 우울한 기분으로 지켜본다. 그에게 의사가 말한다.

"이곳 밖에서 선생님을 기다리는 게 뭔지 아십니까?"

"아뇨, 그게 뭐죠?"

"청춘이요."

의사가 미소 짓는다. 그리고 잠시 생각에 잠기더니 이내 곧 슬픈 얼굴이다.

"믹은 담소를 나누러 종종 여기에 들르곤 했습니다."

프레드는 마사지사가 한 줄로 늘어선 수영장 주위 나무들 뒤쪽으로 사라지는 것을 보고 의사에게 묻는다.

"혹시 질다 블랙에 대해 이야기한 적 있던가요?"

"늘 그녀 이야기만 했었죠."

프레드는 정신이 번쩍 든다. 그리고 호기심이 생긴다. 그러나 원하는 대답을 듣기 위해 그는 모른 척한다.

"그의 애인이었나요?"

"애인이라기엔 좀 과장된 것 같네요. 젊은 시절, 한때 손잡고 공원 몇 발자국 산책한 게 다인 것 같던데요."

프레드는 속으로 빙긋 웃는다.

"그는 그 일을 '자전거 타는 법을 배운 순간'이라고 불렀죠. 선생님께 그 이야기는 안 해주시던가요?"
"아뇨, 우리는 서로 좋은 일만 이야기했었죠."

68

베니스는 아름다운 곳이다. 신비로우면서도 세상 어디에도 없는 유일한 곳이다.

깊은 밤이 되자 늦게까지 돌아다니는 관광객들도 모두 잠들고, 섬은 마치 버려진 것처럼 황량하고 고요하다.

운하들, 수많은 좁은 골목길, 산 마르코 광장, 그 어느 곳도 동상처럼 움직이지 않는다. 멀리서 작고 힘없는 모습의 한 남자가 나타난다. 그는 손에 꽃다발을 들고 노인 특유의 작은 보폭으로 걷고 있다. 바로 프레드다. 그는 이 도시 속을 홀로 외로이 걷고 있다. 운하 위 작은 다리를 건너는 순간, 그 아래로 쾌속정이 소리 없이 지나간다.

수상 택시가 물결에 흔들리며 회벽을 스친다. 그리고 프레드가 그 위에서 진지하고 피곤한 모습으로 허공을 바라보며 앉아 있다. 그의 무릎에는 꽃다발이 놓여 있다.

이미 새벽이다. 그는 무덤들이 즐비한 긴 자갈길을 걸으며 누군가의 무덤을 찾는다. 이름이 새겨진 몇 개의 묘석을 들여다보지만 그가 찾는 무덤이 어디에 있는지 기억이 나지 않는다. 그의 방향 감각이 그리 좋은 건 아니었다.

그러다가 마침내 찾아낸다. 그의 앞에는 이고르 스트라빈스키의 무덤이 있다. 그러나 꽃다발은 여전히 손에 꼭 쥐고 있다.

이제 프레드는 길을 안다. 그는 운하를 따라 좁은 길을 걷는다. 그러다 뒤를 돌아 멈춰 선다. 우울한 시선으로 한 개인병원 간판을 바라본다.

69

프레드는 꽃다발을 들고 간소하게 꾸며진 고급 병실 안에 서 있다. 그는 병실을 한번 둘러본다. 그리고 창가 옆 침대를 쳐다본다. 그곳에는 흐트러진 머리의 나이 든 한 여인이 창에 이마를 대고 가만히 앉아 있다.

그는 침대 가까이 다가가 탁자 위 작은 플라스틱 꽃병에 가져온 꽃을 꽂는다. 그리고 주머니에서 자신의 호텔 방에 있던 사진을 꺼내 꽃병 옆에 둔다. 그러고 나서 여전히 뒤돌아 있는 여인 곁에 앉는다.

그는 낯선 수줍음에 바닥을 보며 말한다.

"당신을 보려고 면회 시간까지 기다렸어."

그런 다음 시트를 어깨 위로 덮고 있는 여인의 뒷모습을 바라본다. 프레드는 아무 표정이 없다. 정적이 흐른다. 그러다 그는 아무 감정도, 억양도 없는 말투로 천천히 그리고 진솔하게 말한다.

"걔네들은 몰라, 멜라니. 아이들은 모른다고. 아이들은 부모 일을 몰라. 그래, 주변 일이나 눈에 보이는 큰 사건들, 그런 건 알겠지. 아이들은 부모 중 누구 편들어주는 것만 알지. 아이들은 복잡하게 따져보려고 하지 않아. 걔네가 맞을 수도 있어. 하지만 아이들은 몰라. 알 수 없겠지. 내가 무대 위에 선 당신을 처음 보고 얼마나 떨렸는지 아이들은 몰라. 사랑에 빠진 예기치 않은 내 여린 모습을 알아차린 오케스트라 단원들은 몰래들 웃었지. 모두가 나를 거절하고 나더러 서툴고 건방진 작곡가라고 할 때, 내가 두 번째 작품을 끝내도록 당신이 장모님의 보석을 팔아버린 걸 아이들은 몰라. 물론 당신이 옳았지. 당신은 보석이 아니라 장모님을 팔았다고 생각해서 밤낮으로 울었지. 아이들은 당신이 나를 어떻게 사랑했고, 내가 당신을 어떻게 사랑했는지 모르지. 그건 우리 둘만이 알지. 그 모든 것에도 불구하고 우리가 서로에게 어떤 의미였는지 아이들은 몰라. 그 '모든 것에도 불구하고'라는 게 힘겹고 고통스럽고 사악한 것이었지. 멜라니, 그 모든 것에도 불구하고 우리가 우리 자신을 하나의 〈심플송〉으로 생각한다는 걸 아이들은 결코 알지 못할 거야."

그는 말을 마친다. 그리고 일어나 아내의 얼굴을 보려는 듯 발끝을 올리지만 곧 포기한다. 감정이 몰려와 그녀를 바라볼 수 없다. 그는 손을 뻗어서 그녀의 팔을 좀 더 편안한 위치에 옮겨주는 것에 그친다.

70

 프레드는 병원을 나선다. 그리고 걷기 시작한다. 그의 뒤에 있는 병원 중이층(中二層)에서 그의 아내가 입을 벌린 채 창에 이마를 대고 있는 모습이 얼핏 보인다. 그러나 그가 있는 곳에서 그녀는 무척 멀리 있는 듯하다.
 프레드는 걸음을 멈추고 잠시 생각에 잠긴다. 잠깐이나마 아내를 보려고 돌아서려고 하지만 그러지 못한다. 그렇게 마음을 접고 다시 앞을 본다. 그런 후 주머니에서 사탕을 꺼내 껍질을 벗기고 입에 넣는다.
 그리고 다시 한 번 뒤돌아본다. 그녀는 유리창 안쪽에서 그를 지켜보고 있는 것 같지만 그저 허공을 볼 뿐이다. 그러나 그는 아내의 얼굴을 바라볼 용기를 좀처럼 내지 못한다. 그는 손가락 사이로 사탕 껍질을 들고 있지만 문지르지 않고 운하에 던져 버린다.
 프레드는 힘이 빠지고 지쳐 넋을 잃은 채 생각에 잠긴다. 그렇게 생각에 잠겨 있는 동안 그의 머릿속에서 〈심플송 3번〉 바이올린 연주가 시작한다. 이번에는 초보자인 어린아이가 아니라 훌륭한 바이올린 연주자다.

71

 깊은 고요 속에서 금박을 입힌 의자 두 개가 주인을 기다린다. 우아한 차림의 관객들이 오페라 극장을 가득 메우고 있다.

 침묵이 흐르던 중 아무런 예고나 신호도 없이 관객들이 일제히 자리에서 일어난다. 이어 두 사람이 극장 안으로 들어온다. 엘리자베스 2세와 필립공이다.

 무대 조명의 역광으로 거메진 그들의 형체가 품위 있는 두 의자에 자리를 잡는다. 이제 관객들도 자리에 앉는다.

 바이올린 연주자가 〈심플송 3번〉 아다지오 도입부의 부드러운 첫 마디를 연주한다.

 역광 속에서 필립공은 기대감으로 부풀어 어린아이 같은 눈에 기쁨이 가득 찬다. 무대에서는 한국의 소프라노 조수미가 긴장과 흥분에 휩싸여 침을 몰래 꿀꺽 삼킨다. 이제 그녀가 서서히 준비를 한다.

 역광 속에서 엘리자베스 여왕도 잠시 남편을 보고 만족

스러운 표정을 짓는다.

특사는 멀리 박스석 한 구석에 숨어 초조한 심정으로 여왕과 필립공을 지켜보고 있다. 조수미가 완벽하고 애절한 사랑 노래를 부르자 극장 안은 감동에 휩싸인다.

수많은 관객이 소프라노의 음성에 최면이라도 걸린 듯 아무런 움직임도 없다.

조수미가 고음으로 노래를 끝낸다. 노래는 길지 않다.

정신을 온통 집중한 프레드가 노련하게 지휘봉을 들고 팔을 넓게 움직이자 오케스트라가 연주를 시작한다. 현악기와 관악기가 하나의 소리로 시작해 절정으로 치솟자 관객들은 소름이 돋는다.

관객들 사이에 섞여 혼자 앉아 있는 지미는 자리에서 천천히 몸을 내민다. 그의 눈이 순수한 감동의 눈물로 촉촉하다.

〈심플송 3번〉은 너무나 아름답고 감동적이다.

72

 레나와 등산가가 아주 가까이 얼굴을 마주하고 있다. 그녀가 떨지만 않고 있다면 서로에게 키스를 할 수도 있을 것이다.
 그는 바보처럼 웃는다. 그들은 그렇게 가까이 있다. 그가 웃음을 멈추고 그녀를 바라본다. 그리고 그녀를 꽉 잡는다. 그녀는 더 이상 떨지 않고 그를 바라본다. 그들이 키스할 거라는 건 분명하지만, 아직은 아니다.
 레나와 등산가는 4천 미터 높이의 공중에 매달려 있고, 아래는 텅 빈 공간뿐이다. 그녀는 두 팔로 그의 목을 잡고 매달려 있다. 두 사람은 허리에 맨 밧줄과 등산 고리에 목숨을 걸고 있다.

73

 프레드의 팔의 움직임에 따라 현악기와 관악기 소리가 점점 약해지다가 사라진다. 이제 바이올린 소리만 남는다.
 프레드는 조수미에게 시선을 돌린다. 그의 신호와 함께 그녀가 또 한 번 웅장하면서도 긴 완벽한 소리를 낸다. 프레드는 그녀가 노래를 하는 동안 눈을 떼지 않는다. 그녀도 역시 그를 쳐다본다.
 프레드는 그녀를 계속 쳐다보지만, 그는 마치 다른 사람을 보는 듯하다.

74

 프레드의 아내 멜라니가 보인다. 그녀는 병원 중이층에 있다.
 흐트러진 백발에 얼굴은 병으로 초췌하다. 두 눈은 멍하고, 입만 노래하듯 벌어져 있다.

75

 조수미가 입을 벌린 채 한창 고음을 내고 있다. 프레드는 감정과는 달리 침착하게 그녀를 바라본다. 조수미가 그와 시선을 교환한다. 그리고 기다린다. 그녀는 프레드의 깔끔한 마무리 손동작에 맞춰 그 탁월한 고음을 능숙하게 끝맺는다.
 그리고 곧장 오케스트라가 종결부 연주를 시작한다. 프레드는 지휘봉으로 결정적이면서도 깔끔한 마무리 동작으로 종결 신호를 보낸다. 오케스트라 연주가 끝난다. 정적이 감돈다. 이 순간 마치 세상이 멈춘 것 같다. 특사가 안도의 한숨을 크게 내쉰다.
 연주는 성공적으로 끝났다. 지미는 아직까지도 놀라움과 감동으로 입을 반쯤 벌리고 자리에 앉아 그 뒤를 기다린다. 프레드가 노련한 자세로 천천히 몸을 돌려 관객들과 마주한다. 그의 얼굴에는 어떤 만족감도 드러나지 않는다. 그는 스핑크스처럼 전문가답게 아무런 감정을 드러내지 않는다. 그렇다. 그는 프로였다.

    관객들이 모두 감동의 눈빛으로 그를 올려다본다. 프레드는 관객들이 감정을 가다듬기를 가만히 기다린다. 아직 몇 초를 더 기다려야 박수가 쏟아질 거라는 것을 그는 너무나 잘 안다.

    그들이 당연히 박수를 보내겠지만, 지금은 아니다. 아직은 아니다.

파올로 소렌티노

2014년 4월

파올로 소렌티노 Paolo Sorrentino

파올로 소렌티노는 감독이자 작가이다. 2001년 첫 장편영화 〈엑스트라맨L´uomo in più〉으로 베니스영화제에 소개되었다. 2004년에는 두 번째 작품 〈사랑의 결과Le conseguenze dell´amore〉로 칸영화제에서 호평을 받았으며, 다비드 디 도나텔로상에서 5개 부문을 수상하였다(감독상, 최우수영화상, 최우수각본상, 남우주연상, 촬영상). 2006년에는 〈패밀리 프랜드L´amico di famiglia〉, 2008년에는 〈일 디보Il divo〉로 칸영화제 심사위원상과 각종 영화제에서 수상하면서 국제적 명성을 얻기 시작했다. 2010년에는 〈아버지를 위한 노래This must be the place〉로 또다시 칸영화제에 초청받는다. 2013년 〈더 그레이트 뷰티La grande bellezza〉로 유럽영화상에서 4개 부문 수상, 골든글로브 최우수 외국영화상, BAFTA 최우수 외국영화상, 다비드 디 도나텔로상에서 9개 부문 수상, 나스트로 다르젠토 6개 부문 수상과 더불어 2014년 오스카 최우수 외국영화상을 수상하면서 거장의 반열에 오른다. 2015년 〈유스Youth〉로 유럽영화제 최우수 영화상과 최우수 각본상, 감독상을 수상했으며 주연 배우 마이클 케인과 레이첼 와이즈도 각각 주연상을 수상했다.

작가로서는 영화 〈엑스트라맨L´uomo in più〉을 모티브로 소설화한 『모두가 맞다Hanno tutti ragione』(2010)를 출간하여 2010년 이탈리아 전통 문학상인 스트레가상 후보작에 올라 3위를 차지하였다. 두 번째 작품은 『토니 파고다와 그의 친구들Tony Pagoda e i suoi amici』로 〈엑스트라맨〉과 소설의 주인공인 토니 파고다를 중심으로 한 연작이다. 2015년에는 시나리오 기법으로 쓴 소설 『유스』를 발표한다.

역자의 말

 파올로 소렌티노의 『유스(Youth)』는 2016년 1월 한국에서 동명으로 개봉한 영화의 원작으로 '소설처럼 읽는 시나리오'라는 독특한 형식을 띠고 있다. 다시 말해, 특수한 시나리오 용어 없이 지문과 대사를 소설적 서술 방식으로 기술한 창작 시나리오이다. 소렌티노의 이러한 작업의 동기는 결코 우연한 일이 아니다. 영화감독으로서 본격적인 활동 이전에 오랜 시간 각본가로서 활약한 그에게 실제로 '쓰기 단계'는 매우 중요한 의미를 지닌다. 한 인터뷰에서도 말한 것처럼, 한 편의 영화가 만들어지는 과정에서 그의 열정이 가장 살아 있는 순간이 바로 시나리오를 쓸 때인데, 이는 영화 제작 과정 중에 여러 가지 한계와 제약 때문에 강요당하거나 포기하는 것들이 많지만, 유일하게 시나리오를 쓰는 동안은 창작의 자유로움을 만끽할 수 있다는 이유 때문이다. 이런 의미에서 이미 영화를 관람한 독자들에게 원작 『유스』는 일종의 '감독판 정본

(manuscript)'으로서, 감독-작가의 '완결된 작품'을 만나는 색다른 기회가 될 것이다.

그러나 『유스』를 독서하는 것이 그다지 녹록하지 않다. 작품이 소설적 서술 방식으로 기술된 '소설처럼 읽는 시나리오'라고 해도 보통 소설에서 접할 수 있는 인물들에 대한 심리묘사나 그들의 행동에 대한 필연성과 이에 대한 부연 설명이 서술되어 있지 않기 때문이다. 『유스』의 독서가 어려운 또 다른 중요한 이유는, 바로 소렌티노 특유의 창작 기법에서 연유한다. 이 작품 속 이야기는 수많은 인물과 함께 모자이크 방식으로 여기저기 흩어져 있기 때문에 독자가 그 흩어져 있는 모자이크 조각을 맞춰야 하는 수고를 해야만 한다. 이 과정에서 누군가에게는 부차적이고 미세한 의미로 다가오는 것이 다른 누군가에게는 결정적인 의미일 수 있다는 차이가 생기기도 한다. 이런 특징을 다른 말로 하면, 작가는 이야기를 들려주는 게 아니라 이야기를 제안함으로써 독자로 하여금 스스로 작품의 의미를 찾게 만드는 것이다. 이런 이유로 이 작품의 줄거리를 하나의 연결된 선상에서 말한다는 것 자체가 어려운 일이다.

그럼에도 불구하고 분명한 건, 이 작품에서 중축을 이루고 있는 두 주인공의 역할이다. 끊임없이 과거를 되돌아

보면서도 과거를 거부하는 은퇴한 음악가인 프레드와 젊은 시나리오 작가들과 함께 열정적으로 생애 마지막 유작을 구상 중인 노년의 영화감독 믹. 그리고 그들을 중심으로 크고 작은 비중의 수많은 인물이 작품 속에 등장한다. 자신이 로봇영화의 배우로만 기억되는 것이 싫어 실제 인물인 아돌프 히틀러의 복제 연기를 실험 중인 젊은 미국 영화배우, 과거를 꿈꾸며 무슨 생각을 하냐고 묻는 아내의 질문에 "미래"라고 대답하는 은퇴한 유명 축구선수 마라도나, 남편에게 버림받고 미래에 대한 불안감에 빠진 프레드의 딸 레나, 영화배우를 꿈꾸는 완벽한 미의 소유자 미스 유니버스, 말 없는 독일 부부, 레나에게 마음을 뺏긴 등산가, 바이올린 소년, 소녀 마사지사, 에스코트걸과 그녀의 어머니, 시나리오 작가들, 여배우 등등 결코 평범하지 않은 이 인물들이 작품 속에서 갖는 필연성과 의미에 대한 논의 역시 독자들의 몫이다.

인물들의 의식의 내면을 대표한다고 할 수 있는 대화 속 인용 문구들과 아포리즘적인 문장들이 작품 곳곳에서 중요한 의미를 내포하며 소위 작품의 '주제 찾기'의 실마리가 되기도 한다. 그러나 이를 한마디 말로 압축해 정의하기란 불가능할 뿐더러 반드시 그래야 할 이유가 있는 것도 아닐지 모른다. 하지만 번역자이기 이전에 한 명의 독자로서 나름대로 이 작품의 모자이크를 맞추어보았다. 내가 짜 맞춘 모자이크 위에는 시간에 대한 깊은 성찰이 그려져 있다. 나만의 유일하고도 분명한 작품 속 진리는, 청춘은 육체가 아닌 우리의 정신과 관계하고 있다는 사실이다. 결국 '청춘'이란 마지막 순간까지도 삶의 탐험을 멈추지 않는 열정과 의지일 것이다.

2016년 봄
정경희

옮긴이

정경희 Kyunghee JUNG

이탈리아 파도바대학교에서 〈조르조 카프로니의 소네트 문체 분석과 교수법 제안〉로 석사 논문 후 〈1500년대 사랑에 관한 논총〉으로 문학박사를 취득하고 현재 이탈리아에 거주 중이다. 이탈리아 현지에서 출간된 공저로는 『Madre terra, Autori Vari, CASAMONDO Racconti Interculturali』(2011)가 있다.

로베르타 실바 Roberta SILVA

이탈리아 나폴리대학교 동아시아학과 졸업 후 한양대학교 연극영화학과에서 〈김기덕 영화의 지속성:시각 심상을 중심으로〉로 석사 학위를 받고 번역가로 활동하고 있다. 국제교류재단에서 번역 지원을 받아 『한국의 영화감독 7인을 말하다』를 이탈리아어로 번역하여 『Dialoghi a Distanza』로 출간하였다.
『유스』1장~15장까지 공저

유스

초판 인쇄 2016년 5월 16일
초판 발행 2016년 5월 26일

지은이 | 파올로 소렌티노
옮긴이 | 정경희, 로베르타 실바
편　집 | 김보미
디자인 | 이보아
인　쇄 | 갑우 문화사

발행처 | 본북스
발행인 | 정란기
출판등록 | 2015년 9월 9일 (제2015-000208호)
전화 | 02-575-3670, 02-577-3671
팩스 | 02-575-3666
홈페이지 | www.buonbooks.com
전자우편 | italiabook@naver.com

ISBN 979-11-87401-00-1 (04880)
ISBN 979-11-956242-9-4 (세트)

국립중앙도서관 출판도서목록(CIP)
CIP제어번호: CIP2016012001

* 책 값은 뒤표지에 있습니다.
* 잘못된 책은 구입한 서점에서 교환해 드립니다.

유스

YOUTH of Paolo Sorrentino Photo of Gianni Fiorito

GIANNI FIORITO

잔니 피오리토Gianni Fiorito는 1959년 나폴리에서 태어나 나폴리에 거주하면서 작업하고 있다. 1980년부터 사진기자로 활동해온 그는 나폴리의 복잡한 현실에 주목했다. 여러 작업 가운데 그는 카모라Camorra현상, 광범위하게 퍼진 위법성, 도심지를 벗어난 지역의 현실뿐 아니라 현대 도시가 변하는 과정과 휴식과도 같은 평온함까지 기록으로 남겼으며 주요 외국 저널에 기고하기도 했다. 그의 사진들은 사진집뿐만 아니라 기록집에서도 볼 수 있다. 그는 1994년부터 나폴리 페데리코 대학에서 공부하였으며 연구하였다. 1999년부터는 1880년대에 열정적으로 관심을 가졌던 아방가르드적 스타일로 돌아가 극장 프로젝트, 나폴리 뮤지컬들을 찍었으며, 영화 스틸사진 작가로 더욱 집중하여 활동하게 된다. 그의 폭넓은 영화 스틸사진 작업들은 파올로 소렌티노Paolo Sorrentino 감독의 영화 〈The young Pope〉, 〈Youth〉, 〈The great beauty〉, 〈The must be the place〉, 〈Il divo〉, 〈L'uomo in più〉, 이반 코트로네오Ivan Cotroneo 감독의 〈Un bacio〉, 〈La kryptonite nella borsa〉, 알레산드로 피바Alessandro Piva 감독의 〈Milionari〉, 안드레아 모라이오리Andrea Molaioli 감독의 〈Il gioiellino〉, 존 투르투로John Turturro 감독의 〈Passione〉, 루카 미니에로Luca Miniero 감독의 〈Benvenuti al sud〉, 스테파노 인체르티Stefano Incerti 감독의 〈Gorbaciof〉, 로베르타 토레Roberta Torre 감독의 〈Mare nero〉, 람베르토 람베르티니Lamberto Lambertini 감독의 〈Fuoco su di me〉, 빗토리오 데 세타Vittorio de Seta 감독의 〈Lettere dal Sahara〉, 에드몬드 부디나Edmond Budina 감독의 〈Lettere al vento〉, 토니노 데 베르나르디Tonino de Bernardi 감독의 〈Appassionate〉가 있다. 주요 개인전으로는 *Sui set di Paolo Sorrentino*(2014); '*80*(2006); *Come eravamo. Napoli dal terremoto alla città spettacolo*(2004), *Bagnoli, cronaca di una trasformazione*(2002), *Il Leonardo Bianchi di Napoli*(1995)가 있다.

잔니 피오리토

호숫가 한쪽에는 정육면체 통유리 벽으로 된 실내 수영장이 우뚝 서 있다.

탄력 있고 윤기 나는 몸들과 통통하고 둥글둥글한 몸들,
그리고 늙어 축 처진 몸들이 있다.

"아니, 시간이 지나면 더 이상 기억할 수 없는 것에 대해 생각했네.
난 부모님이 기억 안 나. 어떻게 생겼는지, 어떻게 말을 했는지."

그는 머릿속에서 0 소리들을 배합해 놀라운 무언가를 만들고 있다.
바로 작곡을 하는 것이다.

그렇게 이곳저곳 오고가는 조용하고 침착한 군상들의 행렬로 하루가 시작된다.

이렇게, 어떤 이들은 미래를 이어가려 애쓰고, 또 어떤 이들은 휘청대며 과거의 청춘을 따라가려 한다.

"저 남자는 진정한 지상 최후의 신화지. 고대 그리스처럼 말이야."

그는 가만히 눈을 감고 앉아 있는 레나에게서 한시도 눈을 떼지 못한다. 침을 한 번 삼키고 용기를 내 말을 걸어보려다가 수줍어 이내 곧 주저한다.

"밤에는 자고 있는 저를 쳐다보곤 하세요. 어젯밤에는 생전 처음으로 자고 있는 저를 쓰다듬어주셨어요. 저는 그냥 자는 척하고 있었죠."
"부모는 자식들이 자는 척하는 거 다 알아."

"근데 저 여자는 우리 같은 인간들에겐 관심 없어. 자신에게 어울리는 몸에 관심 있지. 섹스는 음악 같은 거야. 조화를 추구하지. 당연해. 우리는 더 이상 그 조화를 선사해줄 수 없는 거야, 친구."

정원의 작은 무대에서 스윙 연주 악단이 공연을 한다. 그들은 나름 경쾌한 곡으로 저녁 분위기를 돋우려하지만 그저 애처롭기만 하다.

여자는 지미에게 미소를 보이고, 그도 미소로 답한다. 그들은 춤을 마무리한다. 그녀는 남편에게 돌아간다.

마르고 얌전한 어린 마사지사가 자신의 방에서 유연한 동작으로 춤을 춘다. 전처럼 키넥트에 맞춰 춤을 추는데, 이번에는 다른 춤이다.

"우리는 딱 한 번 우리 자신에게 경솔했다는 이유로 평생 신비로워졌죠."

잠시 후 미용사는 정확하고 능숙한 손놀림으로 지미의 앞머리를 오른쪽으로 넘긴다. 그런 후 두 손을 헤어젤 통에 넣는다. 중년의 여자가 조심스럽게 옷 커버 지퍼를 내리자 얼핏 녹색 옷이 엿보인다.

이제 두 사람에게 절정의 순간이 왔다. 둘은 동시에, 동시 오르가즘이라는 신화를 현실화한다. 부부는 그 쾌감에 소리를 내지른다.

호텔 뒤쪽에는 산과 연결된 육교가 있다. 쉬는 시간이면 열 명 남짓한 웨이터와 요리사, 간호사 들이 모두 담배를 피우며 잡담과 농담으로 휴식을 즐긴다.

그는 불안정하고 작은 걸음으로 걷고 있는데, 말하자면 예순 정도 된 몸이 불편한 히틀러인 셈이다. 그러나 그는 히틀러가 아니다.

레나는 스위트룸 문 앞에서 그를 기다리고 있다. 무슨 일인지 불안하고 긴장한 채로
프레드를 찾은 모양이다.

"젊었을 때부터 늘 스스로 다짐했지. 늙은이들이 자주 저지르는 실수는 절대 하지 않겠다고 말이야. 왜, 늙은이들은 재미도 없고 뭐든 다 아는 척만 하잖아. 근데 내가 딱 그 꼴이 됐어."

바로 여기, 말로만 듣던 그 천재가 있다. 한때 가장 신비로운 여자로 정평이 나 있던 브렌다 모렐.

이제 믹의 여배우들이 볼링 핀처럼 한 사람 한 사람씩 일어난다. 그리고 각자 대사를 읊조린다.

파올로 소렌티노
Paolo Sorrentino

감독이자 작가이다. 저서로는 2010년에 『모두가 맞다Hanno tutti ragione』 소설을 출간하여 스트레가상 3위를 하였으며, 『토니 파고다와 그의 친구들Tony Pagoda e i suoi amici』, 『그레이트 뷰티, 제작일기La grande bellezza. Diario del film』, 2015년에는 시나리오 기법으로 쓴 소설『유스』가 있다. 영화 목록으로는 〈엑스트라맨L'uomo in più〉(2001), 〈사랑의 결과 Le conseguenze dell'amore〉(2004), 〈패밀리 프랜드L'amico di famiglia〉(2006), 〈디보Il divo〉(2008), 〈아버지를 위한 노래 This must be the place〉(2011), 〈그레이트 뷰티La grande bellezza〉(2013), 〈유스Youth - La giovinezza〉(2015)이 있다.

YOUTH 유스

감독 파올로 소렌티노
제작 2015 상영시간 118분
제작 Nicola Giuliano, Francesca Cima, Carlotta Calori
제작사 Indigo Film, Bis Films, Pathé, RSI[1] C-Films, Number 9 Films, Medusa Film, Barbary Films, France 2 Cinéma, Film4
배급 Medusa Film
촬영 Luca Bigazzi
편집 Cristiano Travaglioli
음악 David Lang
미술 Ludovica Ferrario
의상 Carlo Poggioli
분장 Maurizio Silva
사진 Gianni Fioritto
출연 Michael Caine: Fred Ballinger, Harvey Keitel: Mick Boyle, Rachel Weisz: Lena Ballinger, Paul Dano: Jimmy Tree, Jane Fonda: Brenda Morel, Mark Kozelek: sé stesso, Robert Seethaler: Luca Moroder, Alex MacQueen: emissario della regina, Luna Zimic Mijovic: massaggiatrice, Tom Lipinski: sceneggiatore inamorato, Chloe Pirrie: sceneggiatrice, Alex Beckett: sceneggiatore intellettuale,

줄거리 은퇴를 선언한 세계적 지휘자 '프레드 밸린저'가 휴가를 위해 스위스의 고급 호텔을 찾는다. 그의 오랜 친구이자 노장 감독인 '믹'은 젊은 스탭들과 새 영화의 각본 작업에 매진하지만 의욕을 잃은 '프레드'는 산책과 마사지, 건강체크 등으로 무료한 시간을 보낸다. 이때 영국 여왕으로부터 그의 대표곡인 <심플송>을 연주해달라는 특별 요청이 전해지지만 '프레드'는 더 이상 무대에 서지 않겠다고 거절하게 되는데.

수상

2016

Golden Globe 노미네이션 조연상 제인 폰다 Jane Fonda, 주제가상 데이비드 랑 David Lang '심플송 3 Simple Song nº3'
David di Donatello 음악상 데이비드 랑, 주제가상 심플송, 노미네이션 영화상, 감독상 파올로 소렌티노, 제작가상 Indigo Film, 촬영상 Luca Bigazzi , 미술 Ludovica Ferrario, 의상 Carlo Poggioli , 분장 Maurizio Silvi, Aldo Signoretti, 편집 , Cristiano Travaglioli, 음악 Emanuele Cecere, 효과상 Peerless
Premio César 노미네이션 외국어영화상 Sorrentino
Satellite Awards 노미네이션 여우조연상 Jane Fonda

2015

Karlovy Vary International Film Festival 관객상 파올로 소렌티노 감독Paolo Sorrentino
European Film Awards 최우수 영화상, 감독상 파올로 소렌티노 감독, 남우주연상 미카엘 캐빈Michael Caine, 노미네이션 여우주연상 레이첼 왓츠Rachel Weisz, 시나리오상 파올로 소렌티노
Nastri d'argento 감독상 파올로 소렌티노, 촬영 Luca Bigazzi, 편집 Cristiano Travaglioli, 노미네이션 시나리오상, 제작가상 Nicola Giuliano, Francesca Cima, Carlotta Calori (Indigo Film), , 미술상, Ludovica Ferrario, 의상상 Carlo Poggioli
Globo d'oro 촬영상 Luca Bigazzi, 노미네이션 Paolo Sorrentino
Festival di Cannes 노미네이션 Palma d'oro Paolo Sorrentino
Toronto International Film Festival 노미네이션 People's Choice Awards
Hollywood Film Award 여우조연상 Jane Fonda
Capri, Hollywood International Film Festival Capri Humanitarian Award 유럽영화상

YOUTH 유스

아카데미 외국어 영화상 〈그레이트 뷰티〉 수상 감독이 쓴 시나리오 같은 소설!
"이곳 밖에서 당신을 기다리는 것이 뭔지 아세요? 바로 Youth입니다."

조수미의 〈심플송〉 Secret!
"정말 아름다운 곡이에요."
"그래, 아주 아름답지. 내가 사랑하고 있을 때 작곡했기 때문이란다."

스위스에 자리한 한 호텔 이곳에는 '젊음'과 '늙음', '청년'과 '노인'이 공존 하면서도 교차한다. 노년의 지휘자, 그리고 또 다른 노년의 영화감독. 그리고 그들을 둘러싼 다양한 육체와 젊음, 예술.

터키탕과 사우나의 훈김과 역광에 반사된 다양한 나이대의 나체가 열기와 땀에 젖어 버려진 시체들처럼 보인다. 탄력 있고 윤기 나는 몸들과 통통하고 둥글둥글한 몸들, 그리고 늙어 축 처진 몸들이 있다. 심신이 윤택한 삶을 위한 수고는 이런 것이다. 이렇게, 어떤 이들은 미래를 이어가려 애쓰고, 또 어떤 이들은 휘청대며 과거의 청춘을 따라가려 한다. _본문 중에서

유스

파올로 소렌티노 지음

YOUTH

Paolo Sorrentino

소렌티노의 〈유스〉 원작 마이클 케인, 하비 케이틀 주연

BUONbooks

유스
YOUTH of Paolo Sorrentino Photo of Gianni Fiorito

초판 인쇄 2016년 5월 16일
초판 발행 2016년 5월 26일

사 진 | 잔니 피오리토
디자인 | 이보아
인 쇄 | 갑우 문화사
펴낸이 | 이탈치네마

발행처 | 본북스
발행인 | 정란기
출판등록 | 2015년 9월 9일 (제2015-000208호)
전화 | 02-575-3670, 02-577-3671
팩스 | 02-575-3666
홈페이지 | www.buonbooks.com
전자우편 | italiabook@naver.com

ISBN 978-11-87401-02-5 -03660

이 책의 저작권은 잔니 피오리토ⓒGianni Fiorito와 본북스가 소유합니다.
저작권법에 의하여 한국 내에서 보호를 받는 저작물이므로 무단전재와 무단복제를 금합니다.
이 책의 텍스트는 본북스에서 출간한 『유스』에서 발췌한 것이며, 무단복제를 금합니다.

* 이 책은 『유스』도서를 구입하신 분들을 위한 증정과 이탈리아영화예술제를 위한 비매품입니다.